Wole Soyinka

Die Straße

Deutsch von
Olga und Erich Fetter

Fischer
Taschenbuch
Verlag

Theater Funk Fernsehen
Eine Reihe des Fischer Taschenbuch Verlags

Veröffentlicht im Fischer Taschenbuch Verlag GmbH,
Frankfurt am Main, April 1988

Titel der englischen Originalausgabe:
›The Road‹

Erstveröffentlichung durch Oxford University Press 1965

Umschlaggestaltung: Rambow, Lienemeyer, van de Sand
Umschlagfoto: Fotoagentur Helga Lade/Hans Schmied
Gesamtherstellung: Clausen & Bosse, Leck
Printed in Germany
ISBN 3-596-27115-0

Personen

MURANO, *Diener des Professors*
KOTONU, *Autobusfahrer, zuletzt von Autobus* Immer pünktlich – immer sicher
SAMSON, *Passagierschlepper und Beifahrer auf Kotonus Wagen*
SALUBI, *Fahrschüler*
PROFESSOR, *Eigentümer des Hafens der Fahrer. Früher Sonntagsschullehrer und Laienleser aus der Bibel*
CHIEF-IN-TOWN, *ein Politiker*
SAY TOKYO KID, *Fahrer und Bandenchef*
PARTICULARS JOE, *ein Polizist*
Mehrere Tagediebe und Gangster
Volk

Alagemo

Ich hörte! Ich fühlte ihre Hand
Und hörte laut sie meinen Namen rufen.
Die Grube gähnt, der sie gegraben,
Stürzte selbst hinein.
Meine Wurzeln ruhen
Tief in der anderen Welt.
Mache dich auf den Weg!
Agemos Kreise
Sind Pfade der Sonne.
Ihr Gräser, hoch am Wegesrand,
Am Rande der Straße,
Neigt euch mir
Und löscht das Brennen der Karrenräder
An meinem Leib.
Wimpel im Strom der Zeit –
Das Jetzt und das Einst,
Das Hier und die Zukunft.
Mache dich auf den Weg!
Laß die Flüsse umwerben
Das verrinnende,
Ewig verrinnende Hier
Und den dahingeschwundenen Sprung, der die Nacht war,
Und den Spalt, der, gnadenlos,
Riß die schwerlidrigen Zwillingsschwestern
In die Dämmerung.
Keine Schweißperlen hängen
Unter den Flügeln des Habichts.
Kein Käfer findet Durchschlupf
Zwischen Agemos Zehen.

Wenn der Wirbelwind seine Füße packt,
Ist das der Ruf des...
Nein, nenne die Übel nicht...
Nun ja... des Nichtseins.
Des lebenspendenden Augenblicks
Eines Atemzuges...
Nähere dich! Nähere dich
Und fühle...
Habe ich nicht gesprochen?
Ist da kein Fleisch
Zwischen den Daumen des Toten?

Für den Regisseur

Das Maskensinnbild, das in dem Stück ›Die Straße‹ verwendet wird und handelnd auftritt, ist wahrscheinlich vielen unbekannt. Das dem Stück vorangestellte Gedicht ›Alagemo‹ soll dem Leser oder Zuschauer eine Hilfe sein. Agemo ist einfach ein religiöser Kult der Auflösung des Fleisches.
Der Tanz drückt ein Übergangsstadium aus – den Übergang von einem Zustand in den anderen. Im Stück figuriert er als visuelle Darstellung einer Verzögerung: des Stadiums zwischen Leben und Tod – fast auf die gleiche Weise, wie Murano, der Stumme, die dramatische Verkörperung dieses Zwischenzustandes ist. Er symbolisiert ein Anhalten von Zeit oder Tod, da ihn der Autobus in seiner Agemo-Phase überfuhr. Der Agemo-Zustand, schon die Phase an sich, schließt die Spanne des Übergangs vom menschlichen zum göttlichen Sein ein – genauso wie das Ogun-Fest dieses Stücks; genauso wie das teils psychische, teils intellektuelle Tasten des Professors nach dem Wesen des Todes.

Erster Teil

Erste, schwache Morgendämmerung über einer Hütte am Straßenrand, einem halb zerfallenen Zaun und der Ecke einer Kirche mit einem geschlossenen, schmutzigen Fenster. Nicht sichtbar der durch ein Kreuz gekrönte, spitz zulaufende Glockenturm. Von einer Ecke der Hütte aus stößt der hintere Teil eines »bolekaja« (Kleinlaster) gegen die Bühnenrampe vor. Der Wagen hängt nach einer Seite über, die Räder fehlen. Die Rückfront trägt die Aufschrift: UNFALL-LADEN – ALLE AUTOTEILE ERHÄLTLICH. *Auf der gegenüberliegenden Seite ein paar Bänke und leere Bierkästen, die als Stühle dienen. Auf einer Seite im Vordergrund ein Tisch und ein Stuhl, die, im Gegensatz zu der übrigen Unordnung, genau im rechten Winkel zueinander stehen.*

An der Ladeklappe eine Matte, auf der Kotonu schnarcht. Nicht weit davon schläft Samson, unter dem Kopf ein kleines Bündel. In der anderen Ecke haben sich die Tagediebe des Autoparks ausgestreckt, teils auf dem Boden, teils auf den Bänken. Salubi liegt auf zwei zusammengerückten Bänken, die säuberlich zusammengefaltete Chauffeuruniform neben dem Kopf. Murano hat sich unter dem Tisch des Professors zusammengerollt.

Murano steht auf, geht zu dem Napf, der aus dem Durcheinander abgefahrener Reifen, alter Radnaben und verbogener Stoßstangen usw. ragt, und wäscht sich. Er nimmt sein Kletterseil, seine Kürbisflasche und seine »osuka« und verschwindet. Während er sich wäscht, erwacht Samson, beobachtet ihn verstohlen, grübelt nach Muranos Abgang kurz, ob er ihm folgen soll, überlegt es sich aber anders und legt sich wieder hin.

Vom Glockenturm schlägt es fünf. Samson streckt sich und wirft sich unruhig hin und her. Schließlich steht er auf, wobei er sich da und dort kratzt. Er geht hinaus und versucht, Mu-

rano mit den Augen zu folgen, gibt es jedoch auf. Er trödelt ziellos von einem Fleck zum anderen und kratzt Krumen von einem Teller, der auf dem Tisch steht. Danach geht er hinaus, uriniert gegen die Wand und rekelt sich wie ein berufsmäßiger Müßiggänger. Gerade als er wieder hineingehen will, schießt ihm ein Gedanke durch den Kopf. Er macht kehrt und nähert sich zögernd und ängstlich dem Kirchhof. Er will sich durch ein Loch im Zaun zwängen und redet sich selber Mut zu. In diesem Moment schlägt die Glocke die halbe Stunde. Samson schnellt erschrocken zurück. Dann merkt er, woher der Ton kommt, schüttelt die Faust gegen den Turm und kehrt in die Hütte zurück.

Er sieht, daß alle anderen noch friedlich schlafen, das regt ihn auf. Er tritt Salubi gegen das herabhängende Bein, aber Salubi zieht es nur auf die Bank zurück. Samson stößt einen anderen von der Bank, doch der Mann schläft ungestört auf dem Boden weiter. Überall stehen die leeren Becher vom Zechgelage des Vorabends. Samson wirft einen Blechbecher in die Luft, der scheppernd zu Boden fällt. Ein oder zwei Schläfer reagieren – aber auch nur, indem sie sich auf die andere Seite drehen.

Samson geht angeekelt zu einem Spinnennetz in einer Ecke und stochert mit einem Stock darin herum, doch auch das wird ihm schnell über.

Voller Enttäuschung wirft Samson sich wieder auf die Matte, nur um sofort wieder hochzufahren, als die Glocke die volle Stunde schlägt.

Salubi regt sich, steht auf.

SALUBI Sechs, wette ich. Ich weiß nicht, wie's kommt, aber egal, wann ich schlafen geh, Punkt sechs wach ich auf. Ein Wunder, wirklich. *Er holt seinen Kaustab hervor und kaut darauf herum.*

SAMSON Gibt schon Wunder irgendwo, aber nicht solche wie du sagst. Vielleicht solche, wie daß du'n Kaustab benutzt.

SALUBI Hör mal, Samson, es ist noch früh. Leg dich lieber

wieder hin, ehe du noch mal davon anfängst. *Er zieht seine Chauffeuruniform an.*

SAMSON Wer hat dir die Uniform geborgt?

SALUBI Geborgt? Gekauft – von meinem eignen Geld.

Samson geht zu ihm, befühlt den Stoff.

SAMSON Gebraucht.

SALUBI Na und?

SAMSON Zumindest hätt ich sie gewaschen. Da, sieh dir den Blutfleck an! Hat dir jemand die Zähne eingeschlagen?

SALUBI Blut? Blödsinn! Palmöl.

SAMSON Schon gut, schon gut. Aber du kommst mir komisch vor, wirklich. Wie einer von den Straßenidioten. Wie kann man sich ohne 'nen Job 'ne Uniform kaufen?

SALUBI Wegen Eindruck. Schätze, schicke Uniform beeindruckt alle künftigen Arbeitgeber.

SAMSON Mit dem Fleck vorne drauf?

SALUBI Kümmre dich lieber um deinen eigenen Dreck, du arbeitsloser Schlepper.

SAMSON Ich ein arbeitsloser Schlepper? Und du? Was bist du?

SALUBI Ein uniformierter Privatchauffeur – vorübergehend ohne Beschäftigung. *Streicht die Hosen glatt und zieht die Jacke zurecht*

SAMSON Großer Gott! Privatchauffeur. Weißt du, wie du aussiehst? Wie 'n Affe, den man in 'nen Matrosenanzug gesteckt hat.

SALUBI Du bist bloß neidisch, das ist alles. Ich habe keinen Job, na schön. Aber ich hab 'ne Uniform. *Beginnt die Messingknöpfe zu putzen*

SAMSON *schüttelt den Kopf* Statt die Knöpfe zu putzen, solltest du dir lieber die Zähne putzen. Und dich vielleicht auch mal waschen – nimm mal 'n bißchen Wasser und Seife. Zu 'ner neuen Uniform gehört 'n frisch gewaschener Körper. Und zu 'ner weißen Jacke gehören weiße Zähne.

SALUBI *verzweifelt* Was ist los? Hast du schlecht geträumt heut nacht, oder was ist? Warum kümmerst du dich nicht um deine eignen Angelegenheiten, verdammt noch mal!

SAMSON Weil ich keine Angelegenheiten hab, um die ich mich kümmern kann, du dreckiges Schwein. Was glaubst du wohl, weshalb ich hier noch um diese Zeit rumsitze? Jeder Schlepper mit 'ner Spur Selbstachtung ist schon längst im Autopark und macht Jagd auf Fahrgäste. Sieh dir diese Schlepper an! Schlafen alle noch. Keiner hat auch nur 'n Funken Berufsstolz. Halb Schlepper, halb Räuber. Sind die Pestilenz unseres Berufs. Einfach keine Berufsehre. Schnarchen, als hätten sie 'n Auspuff verloren. Und was erwartet Kotonu von mir? Daß ich jetzt für irgend 'nen beliebigen Bus Fahrgäste anschleppe. Ist das vielleicht ein Leben für den Championschlepper der Autoparks?

SALUBI Es heißt, Bettler haben keine Wahl.

SAMSON Meinst du? Du mußt's ja wissen. Du kriechst ja wegen alles auf'm Bauch. Aber ich, ich hab meinen Stolz. Ich schleppe bloß für meinen eignen Fahrer und sonst für keinen. Ich bin ein Ein-Fahrer-Schlepper, nicht mehr, nicht weniger.

SALUBI Du sprichst von Stolz. Worauf denn? Bist schließlich immer noch bloß bolekaja-Schaffner.

SAMSON Blödsinn. Unser Wagen ist 'n Bus. Die Sitze blikken in Fahrtrichtung, genau wie der Fahrer und die Erste-Klasse-Passagiere. In einem gewöhnlichen bolekaja sitzt du mit dem Rücken zur Seite oder in Fahrtrichtung.

SALUBI Ganz egal. Jedenfalls bist du Schaffner von einem Wagen, der Passagiere mitnimmt. Du und diese Schurken, ihr gehört alle in einen Topf. Ich – ich fahre keinen Laster. Ich bin Privatchauffeur – nicht mehr, nicht weniger.

SAMSON Und hast nicht mal 'ne Fahrerlaubnis. Also gib nicht so an, mein Freund.

SALUBI *reibt noch einmal über den letzten Knopf. Danach richtet er sich befriedigt auf.* Wie ich hier so stehe, könnte ich die Königin von England fahren.

SAMSON Ein Blick auf dich, und sie dankt ab.

SALUBI Alles, was ich noch brauche, ist 'ne Fahrerlaubnis.

Muß bloß noch den Professor rumkriegen, mir eine zu fälschen.

SAMSON Frag ihn doch.

SALUBI Ich hab ihn schon hundertmal gefragt, aber er sagt bloß immer . . .

SAMSON *nachäffend* Zieh ab. Komm zurück, wenn du einen Job hast.

SALUBI Genau das sagt er. Aber ohne Fahrerlaubnis krieg ich doch keine Arbeit.

SAMSON Und die Fahrerlaubnis kriegst du nicht ohne Job. Also, warum hängst du dich nicht gleich auf?

SALUBI Wie denn? Willst du's mir nicht vormachen?

SAMSON Wenn der Professor kommt, sag ich ihm, daß du versucht hast, dich aufzuhängen.

SALUBI *zappelig* Mir jagst du keine Angst ein, mir nicht. Wer hat denn schon Angst vor diesem Verrückten? *Blickt zum Kirchhof hinüber* Ob er noch schläft?

Die ganze Szene hindurch haben sich die Schlafenden nacheinander erhoben, sich das Gesicht gewaschen, sind in den hinter der Hütte gelegenen Hof gegangen, haben sich auf den Zaun gestützt, etc.

SAMSON Wenn er je schläft. Ich begreife den Mann nicht. Legt sich auf einem Kirchhof schlafen. Zu all den Toten!

SALUBI Auf die Weise macht man Geld, verstehst du. Macht man Abrakadabra mit Geistern, kommt man zu Geld.

SAMSON Du meinst, der Professor hat Geld?

SALUBI Der Mann ist gerissen. Aber eines Tages entdecke ich doch, wo er sein Geld versteckt hat. Vielleicht ist er sogar 'n Millionär.

SAMSON *sehnsüchtig* Manchmal mal ich mir aus, was ich mit dem Geld anstellen würde, wenn ich 'n Millionär wär.

SALUBI Ich würde erst mal zehn Frauen heiraten.

SAMSON Warum zehn?

SALUBI Weil ich bis zehn zählen kann – weiter nicht.

SAMSON Sieht dir ähnlich, Geld für Weiber zu verschwenden.

SALUBI Warum nicht? Was soll 'n Mann sonst mit 'ner Million Pfund tun?

SAMSON Ich, ich würde alle Lastwagen im ganzen Land aufkaufen, alle, und dann Kotonu zum obersten Chauffeur machen.

SALUBI Kotonu? Wieso Kotonu? Was ist der schon? Hat der vielleicht mehr Erfahrung als ich?

SAMSON Du und Erfahrungen! Daß ich nicht lache. Du kannst ihm nicht mal den Kuhmist von den Reifen wischen. Dich mach ich zu meinem Privatchauffeur – und kommst du mir mit so 'ner dreckigen Uniform vor Augen, laß ich dich prügeln wie'n Pferd.

SALUBI Wer hat 'ne schmutzige Uniform? Ich hab sie gestern gewaschen und gestärkt. Für drei Pence Stärke. Reicht das vielleicht nicht für einen Tag?

SAMSON Und der Professor? Dem richte ich ein extra Büro ein. Mit Klimaanlage und automatischer Druckmaschine und so weiter und so fort, damit er allen meinen Fahrern 'ne Fahrerlaubnis fälschen kann. Der Mann ist ein Künstler, und als Millionär muß man Kultur unterstützen.

SALUBI Den Tag, an dem dich die Polizei beim Schlawittchen kriegt –

SAMSON Polizei? Welche Polizei? Die Polizisten werden jeden Morgen vor meinem Haus Schlange stehn, um ihr Bestechungsgeld zu kriegen. Kein einziger wird meine Wagen auf der Straße auch nur anfassen.
Er hebt den Stuhl des Professors hoch und stellt ihn krachend auf den großen Tisch, klettert hinauf, springt fast sofort wieder hinunter und reißt Kotonu die Decke vom Körper. Kotonu bewegt sich und wacht gleich darauf auf. Samson schlingt sich die Decke um die Schultern und klettert wieder auf den Tisch. Zieht die Brille des Professors heraus und setzt sie sich auf die Nasenspitze. Er setzt sich in Positur und tut so, als ob er Leute, die sich vor ihm aufgereiht haben, verächtlich mustert. Dann grient er befriedigt.
Begrüße mich!

SALUBI *kniet nieder, verbeugt sich tief* Afrikanischer Millionär!

SAMSON Ich höre nichts.

SALUBI Erhabener Millionär!

SAMSON Was ist los? Hast du noch nicht gefrühstückt? Ich sagte: Ich höre nichts.

SALUBI Samson, der Millionär!

SAMSON Oh, meine Freunde, was kann ich für euch tun?

SALUBI *in Gebetspose* Unser tägliches Bestechungsgeld gib uns heute. Amen.

SAMSON *tut so, als griffe er in eine Geldbörse; will ihnen eine Handvoll Münzen zuwerfen, hält aber mitten in der Bewegung inne* Keine Überstürzung. Denk dran, Offiziere zuerst. Aufseher!

Wirft die Münzen. Salubi kriecht umher und sammelt das Geld auf.

Inspektoren!

Der Vorgang wiederholt sich.

Sergeanten!

Wieder sucht Salubi die Münzen zusammen.

Nun, das nenne ich eine gut disziplinierte Truppe. Jetzt die Leute mit einem oder zwei Streifen.

Wirft noch mehr Geld hin. Salubi nimmt eine noch demütigere Haltung an und sammelt die reiche Gabe auf.

Ausgezeichnet! Ausgezeichnet! Und nun die Neulinge.

Derselbe Vorgang

So, ihr könnt jetzt gehn. Und viel Erfolg, Freunde.

Samson und Salubi brechen in Lachen aus. Kotonu hat sich aufgerichtet und beobachtet sie.

SALUBI Ja, es stimmt. Wer Geld hat, hat auch Macht.

SAMSON Gott, ich würde das Leben genießen, das kann ich dir sagen. Ich würde es so genießen, daß sogar Gott neidisch wird. Und wenn er mich aus Neid umbringt, mach ich 'ne Buslinie zwischen Himmel und Hölle auf.

SALUBI Was für 'n Bus nimmst du? Fliegst du mit 'nem Flugzeug oder 'nem Hubschrauber ins Paradies?

SAMSON *wieder in der Millionärsrolle* Komm her!

SALUBI Jaaaawooohl, Sir.

SAMSON Hast du dich heute gewaschen?

SALUBI Ich, Sir?

SAMSON Mach 's Maul auf... Los, mach 's Maul auf. Weiter. Du stinkst aus dem Maul!

SALUBI Ja, Sir?

SAMSON Du stinkst aus dem Maul. Du stinkst dermaßen, daß ich dich zum Captain meiner Leibwache ernenne. Wenn die Polizei mit ihrer Krawalltruppe, ihrem Tränengas und dem ganzen Quatsch anrückt, machst du dein Maul auf und hauchst sie an. Das nennt man dann Gegenstoß.

SALUBI Jaaaawoohl, Sir.

SAMSON Aber paß auf, daß du nicht etwa in meine Richtung hauchst. Ein Dunghaufen kann ruhig stinken – solange der Wind in die andere Richtung weht. Es ist nämlich tatsächlich schon vorgekommen, daß du mir ins Gesicht geatmet hast. Wage das nicht noch einmal!

SALUBI Ich, Sir? Ich soll einem Millionär ins Gesicht geatmet haben. Ich, Sir, wirklich?

SAMSON Jawohl du, Kerl. Meinst du etwa, ich lüge?

SALUBI Entschuldigen Sie, Sir, entschuldigen Sie vielmals.

SAMSON Und deine Fahrerei ist der reine Mord. Ihr Fahrer seid doch alle gleich. Habt ihr eine lange, glatte Strecke vor euch, hebt ihr den Hintern und furzt den Erste-Klasse-Passagieren mitten ins Gesicht. Ist das vielleicht recht?

SALUBI Jawohl, Sir. Ich meine, nein, Sir. Keinesfalls, Sir.

SAMSON Also dann hol den Wagen raus – den großen, langen – und fahr um zwei Uhr die Marina runter. All die hübschen, hübschen Mädchen kommen dann gerade aus den Büros... Die jungen, zarten Gesichter, eben frisch von der Schule – laß sie einsteigen, bring sie zu mir ins Haus. Ein alter Knochen wie ich braucht mal 'ne frische Spritze zum Aufmöbeln.

Beide lachen aus vollem Halse, sehen nicht, daß der Professor kommt. Salubi bemerkt ihn als erster. Er steht einige Sekunden verdattert da, ehe er losstottert.

SALUBI Sam – son,... der Professor...

SAMSON Was ist mit ihm?

Salubi zeigt mit zitterndem Finger in Richtung des Professors, aber Samson dreht sich nicht um.

Du siehst wohl Gespenster, wie? Um die Zeit kommt der Professor doch nie her.

Als der Professor in die Tür tritt, versteckt sich Salubi unter dem Tisch. Samson dreht sich erst jetzt um und starrt ihn wie versteinert an.

Der Professor ist groß und nach der Mode der viktorianischen Zeit gekleidet: Frack, Zylinder usw. Alles ist abgetragen, und die Aufschläge glänzen vom vielen Bügeln. Er schleppt vier riesige Packen Zeitungen. Außerdem einen Metallstab, der aus einem Holzsockel ragt; auf dem Stab stecken allerlei Papierfetzen. Von einem Arm baumelt ihm ein Stock, der sich zu einem Sitz aufklappen läßt. Unter den anderen Arm hat er ein Straßenschild geklemmt; darauf eine Wellenlinie und das Wort »Kurve«.

PROFESSOR *tritt hocherregt ein und spricht mit sich selber* Ein Wunder, beinahe ein Wunder ... Die Dämmerung birgt die größten Wunder, aber heute ... Was heute geschehen ist, übertrifft einfach alles ... Und dazu am seltsamsten Ort. Großer Gott, großer Gott, großer Gott ... Es liegt doch ein Geheimnis in allem. Jede Stunde eine neue Entdeckung – daran bin ich gewöhnt. Aber daß ich dorthin geführt wurde, wo das verborgen war, im Verborgenen keimte, Gott allein weiß, wie lange schon ... Denn darüber kann kein Zweifel bestehen, das WORT wuchs ... Es wuchs aus der Erde, bis ich es pflückte ...

Er ist jetzt an der Stelle angelangt, wo für gewöhnlich sein Tisch steht, blickt sich verblüfft um, ohne den auf dem Tisch thronenden Samson zu bemerken.

Aber das ist doch mein Büro. Ich hätte geschworen, daß hier ... *Plötzlich mißtrauisch geworden, preßt er das Straßenschild fester an sich.* Blendwerk des Teufels! Aber das hier entreißt ihr mir nicht! Wenn meine Augen getäuscht sind und mein Leib durch Zauberei hierher geführt wurde, die Frucht meiner nächtlichen Gebete werde ich nicht aushändigen. Niemand kann sie mir entreißen! Niemand! *Er schaut endlich hoch, bemerkt Samson und betrachtet ihn prüfend.* Oh,... Sir... Sie gehören nicht zu jenen, die mich für gewöhnlich aufsuchen, sonst würde ich Sie kennen.

SAMSON N-e-i-n-n-n

PROFESSOR Aha, Sie geben es zu. Und es nutzt gar nichts, so zu tun, als ob Sie zu ihnen gehören.

SAMSON Nein... Ich meine...

PROFESSOR *blickt plötzlich nach unten und sieht Salubis Hinterteil, das unter dem Tisch herausragt. Er nimmt eine abwehrende Haltung ein, schwingt den Stockstuhl und stößt damit nach Salubi.* Komm hervor. Ich seh dich ganz genau. Wieviel seid ihr eigentlich? Gehört ihr zur Armee des Teufels? Und wenn auch – mein Arm ist bewaffnet mit dem einzig wahren WORT!

SAMSON B-it-te, Sir. Ich glaube, Sie sind am falschen Ort.

PROFESSOR Wirklich?

SAMSON Vielleicht haben Sie sich verirrt?

PROFESSOR Meinen Sie? In der Tat, alles ist möglich, wenn ich unterwegs bin und das WORT suche. Aber,... und sagen Sie mir bitte die Wahrheit,... Sie sind doch nicht hier, um mir das WORT zu rauben?

SAMSON Nein... nein... kein Gedanke daran. Sie müssen sich verirrt haben, das ist alles.

PROFESSOR Dann will ich mich lieber beeilen. *Dreht sich um, will gehen, bleibt jedoch wieder stehen* Aber erst noch etwas: Können Sie mir sagen, wo ich bin?

SAMSON Aber ja. Am falschen Ort.

PROFESSOR Ach ja, dachte ich es doch. Merkwürdig, wie bin ich bloß hierher gekommen? Ob mich Geistesverwandtschaft hergeführt hat? Folgen auch Sie dem Pfad?

SAMSON Pfad? Was für ein Pfad? Ich meine... nein... Ich meine: Haben Sie es nicht eilig? Auf Wiedersehen also. Auf Wiedersehen.

PROFESSOR *betrachtet Samsons erhöhte Position mit erneuter Verwunderung* Ja, Sie sind anscheinend ein Wissender, so wie Sie sich von der gewöhnlichen Verbindung mit der Erde lösen ... Aber dieser Pfad führt fort von jeder wahren Gemeinschaft. So ist das WORT nicht zu finden.

SAMSON Einverstanden ... Aber nun gehen Sie bitte. Wir sind schwer beschäftigt.

PROFESSOR Darf ich fragen, wer Sie sind? Ich bin zwar durch meinen Irrtum ein bißchen durcheinander, aber irgendwie kommt mir Ihr Gesicht bekannt vor.

SAMSON Unmöglich. Wir haben uns bestimmt noch nie gesehen.

PROFESSOR Sie wohnen hier?

SAMSON Ja ... eh ... Das Anwesen gehört mir. Tatsache ist: Ich bin ein Millionär.

PROFESSOR Was sind Sie?

SAMSON *wagemutiger* Stimmt schon. Ein Millionär.

PROFESSOR Ja, ich bin durcheinander. Mein Sinnen und Trachten zielt so auf das WORT, daß ich mich unter menschlichen Wesen manchmal verirre. *Will gehen*

SAMSON Genau, was ich Ihnen klarmachen wollte. Auf Wiedersehen dann.

PROFESSOR *schüttelt traurig den Kopf* Welchen Gefahren sind wir doch ausgesetzt, wir, die das WORT suchen.
Er bemerkt Kotonu, der sich aufrichtet, und bleibt stehen.
Aber dich kenne ich. Du bist der Von-Küste-zu-Küste-Chauffeur, der nicht mehr fahren will.

SAMSON Will er nicht mehr? Ich meine: Wer? Ach der! Aber ich habe ihn doch erst heute morgen eingestellt. Er muß es sich anders überlegt haben.

PROFESSOR Aha, habe ich nicht gleich gesagt, daß mich etwas wie Geistesverwandtschaft hierhergezogen hat? Ich wußte doch, daß ich mich nicht ohne tieferen Grund verirrt haben kann.
Samson winkt Kotonu wild zu, den Professor auf irgendeine Weise aus dem Raum zu schaffen.

KOTONU Wenn Sie wollen, gehe ich mit Ihnen.

PROFESSOR Aber Ihr Arbeitgeber ...

SAMSON ... hat keinerlei Einwände. Nehmen Sie ihn ruhig

mit. Tatsache ist, daß ich ihn nicht mehr brauche. Er träumt zu viel. Fort mit dir, du bist entlassen. Auf Wiedersehen – alle beide. Auf Wiedersehen... auf Wiedersehen.

PROFESSOR Also gehen wir. Ich kann dir ein neues Wunder zeigen,... eine Verrücktheit, bei der sich ein Auto gegen einen Baum geworfen hat. Krachbum! und ein Glassplitterregen auf die armen Seelen niederprasselte.

SAMSON *plötzlich alarmiert* Warten Sie. Einen Augenblick. Was haben Sie da von einem Unfall gesagt?

PROFESSOR Wissen Sie so wenig über den wahren Weg zum WORT? Es gibt keinen Unfall.

SAMSON Nennen Sie es, wie Sie wollen. Aber solches Zeug zeigen Sie ihm nicht, auf keinen Fall!

PROFESSOR *wutbebend* Wie können Sie es wagen? Halten Sie mich für einen gewöhnlichen Gaffer – für jemand, der bei anderer Leute Unglück sensationslüstern Maulaffen feilhält?

SALUBI *von unten* Samson, bist du verrückt? Halt sie um Himmels willen nicht länger auf.

PROFESSOR *zu Kotonu* Dieser Millionär... hat er deine Seele ebenfalls gekauft?

KOTONU Achten Sie überhaupt nicht auf ihn, Professor. Gehn wir!

SAMSON *fast flehentlich* Kotonu, geh nicht mit!

Der Professor nähert sich Samson.

SALUBI Nun kommt er uns bestimmt auf die Schliche, du dämlicher Schlepper.

PROFESSOR Mein Bett ist bei den Toten, und wenn mich die Straße durch ihren Siegesschrei aus dem Schlaf reißt, eile ich zu einem Schwarm grollender Seelen, die wegen ihrer verworfenen Körper jammern und greinen. Ein Markt von verdorbenem Fleisch, umsummt von Fliegen und zänkischen alten Weibern. Der Ort, von dem ich spreche, ist ganz in der Nähe. Wenn du mitkommen willst, wirst du die Ergebnisse meiner Mühen sehen –

SAMSON Nein, danke vielmals. Freiwillig sehe ich mir so was nun bestimmt nicht an.

PROFESSOR Fürchten Sie sich? Ich weiß, mein Trachten bringt Gefahren, aber vielleicht ist das WORT nicht Gefährte des LEBENS, sondern Gefährte des TODES. Drei Seelen sind diesen Baum hinaufgeflohen. Ob das Auto hinterherklettern wollte? Oh, es brummte so wütend, aber es war nichts zu machen. Sie starben, alle drei, wurden gekreuzigt auf starren Ästen. *Er preßt das Straßenschild noch fester an sich.* Das WORT hier wuchs, wo ihr Blut in die Furchen sickerte, die von den Rädern gepflügt wurden. Und du, der du über allen thronst, sage mir jetzt, ob du wirklich meinst, daß ich wegen nichts und wieder nichts aus dem Schlaf gerissen worden bin?

SALUBI Antworte nicht, Samson. Laß ihn gehn.

SAMSON Aber warum soll Kotonu sich das ansehen?

SALUBI Laß ihn gehn, bevor es zu spät ist.

KOTONU Gehn wir, Professor.

Er drängt den Professor zur Tür, wobei er sich zu Samson umdreht.

Bloß ein kleiner, geschäftlicher Spaziergang. Also hör auf, verrückt zu spielen.

PROFESSOR *während er mit Kotonu abgeht* Aber du darfst nicht denken, daß ich jedes Anzeichen für Wahrheit nehme. Es kann Blendwerk sein. Es ist nicht das WORT, das weiß ich, aber jede Entdeckung ist ein Wegweiser... Zuletzt wird die Offenbarung sich enthüllen... Keiner wird sich dem entziehen können, meine Sache ist bestätigt...

Je weiter er sich entfernt, um so leiser wird seine Stimme. Samson und Salubi regen sich nicht, solange sie ihn hören können.

SALUBI *kriecht unter dem Tisch hervor und klopft sich ab* Mordsglück gehabt, das ist alles, was ich sage. Wenn ich 'nen Dieb gesehn hab, der's verdient hat, auf frischer Tat geschnappt zu werden –

SAMSON Was hat Kotonu bloß damit gemeint?

SALUBI Womit?

SAMSON Na, daß er 'nen geschäftlichen Spaziergang macht. Komische Art, so über so was zu reden.

SALUBI Aber er macht doch 'nen geschäftlichen Spaziergang.

SAMSON Geschäftlich? Was für Geschäfte?

SALUBI Hör auf. Du bist doch sein Kumpel, nicht? Willst du mir einreden, du weißt es nicht?

SAMSON Was weiß ich nicht?

SALUBI Na, was meinst du wohl, wo ich die Uniform hier her hab?

SAMSON Gestohlen selbstverständlich. Paßt haargenau zu dir, 'nen Toten berauben. Du bist einfach ein ganz gewöhnlicher Ladendieb. Als Sergeant Burma noch am Leben war, hättest du dich das nicht getraut.

SALUBI Freut mich, daß du darüber Witze reißen kannst. Weil ich die Uniform nämlich von deinem Kumpel gekauft hab.

SAMSON Von Kotonu? Bist du verrückt geworden?

SALUBI Warum machst du nicht die Augen auf und begreifst endlich, wer hinter der Ladeklappe steckt?

SAMSON Und wen finde ich dahinter? Die stinkende Leiche deines Vaters?

SALUBI Wenn ja, dann muß sie von deinem Freund hingelegt worden sein – zum Verkauf.

SAMSON Du lügst!

SALUBI Ach? Na, wart's ab. Wenn er zurückkommt, wirst du es mit eigenen Augen sehn.

SAMSON Red keinen Blödsinn. Das war Sergeant Burmas Abteilung.

SALUBI Sergeant Burma ist tot.

SAMSON Und wann ist Kotonu sein Geschäftspartner geworden?

SALUBI Partner! Nicht Partner – Nachfolger. Kotonu hat die Abteilung übernommen.

SAMSON *außer sich* Das lügst du! Du bist nichts wie 'n drekkiger Verleumder.

SALUBI Ich sage nichts weiter. Du wirst es schon selber sehn.

SAMSON Wann? Wann? Wie konnte das passieren, ohne daß ich was davon gemerkt hab?

SALUBI Warum sperrst du deine Augen nicht auf? Übrigens, komm lieber runter, ehe du dir da oben noch länger was vormachst. Wenn der Professor noch mal hier reinstolpert, läßt er sich bestimmt nicht noch mal was vormachen.

SAMSON *kommt langsam herab* O Gott, o Gott. Ich kann es kaum glauben. Ich kann es einfach nicht glauben. Aber was hat Kotonu vor? Will er so tun, als ob es ihm gleich ist?

SALUBI Stell lieber alles wieder richtig hin, ehe der Alte zurückkommt. Zweimal macht der nicht den gleichen Fehler. Der nicht!

Sie rücken Stuhl und Tisch zurecht.

SAMSON Er kommt bestimmt nicht noch mal. So was wie vorhin erschreckt ihn immer fürchterlich. Er meint dann, daß er irgendwo tief in die Irre gegangen ist. Du wirst es erleben. Warte ab bis heute nachmittag, wenn er kommt.

SALUBI Ich mein, du hast 'n Mordsschwein gehabt. Ich hab jeden Augenblick drauf gewartet, daß er dich mit dieser WORT-Geschichte vom Tisch fegt.

SAMSON Aber Kotonu ist nicht so. Was will er eigentlich? Ist doch gar nicht nötig. Ich wollte doch bloß, daß er sich seine Fahrerlaubnis zurückholt, nicht aber, daß er anfängt, für die Leichenhalle zu sorgen.

SALUBI Er sollte zurück auf die Straße und hinters Steuer, das wolltest du doch, nicht wahr? Nun ist er zurück, aber anders, und zwar auf vollen Touren: Großer Händler und – vielleicht auch gelegentlich mal Anlieferer...

SAMSON Halt lieber dein dreckiges Maul, statt ihn zu verleumden. Du lieferst doch die Waren für die Leichenhalle, du chronischer Unfallchauffeur. *Er setzt sich niedergeschlagen hin.*

SALUBI Keine Spur Dankbarkeit, daß du noch mal davongekommen bist. Du sitzt ja schon wieder auf dem Stuhl vom Professor!

SAMSON Mir im Augenblick ganz gleich. Kotonu ist mit ihm losgezogen und kommt bestimmt schlimmer als je zurück.

SALUBI *geht hin und her* Warum steckst du's nicht auf? Der Mann hat gesagt, daß er nicht mehr hinters Steuer will, aber du zeterst mit ihm, als wenn du seine Frau wärst! Ist er vielleicht mit 'nem Steuerrad als Halsschmuck geboren worden?

SAMSON Ist bloß der Professor dran schuld. An dem liegt's. Und ich hab meine ganze Hoffnung auf den Kerl gesetzt – mir eingebildet, daß er meinem Kumpel wieder den Kopf zurechtrückt. Und was passiert nun? Er zeigt ihm noch 'nen anderen Unfall.

SALUBI Er ist verrückt. Was zerbrichst du dir seinetwegen den Kopf. Meinst du, Kotonu weiß nicht, daß der Mensch verrückt ist?

Das Kirchenfenster öffnet sich plötzlich. Man sieht das Chorpult, einen bronzenen Adler, auf dessen ausgebreiteten Schwingen ein Band ruht. Kurz danach ertönt die Orgel. Die Klänge erfüllen die Hütte.

SAMSON *nachdem er einige Zeit zugehört hat* Er ist nicht so gut wie der vorige – jedenfalls sagt das der Professor.

SALUBI Warum spielt er das Ding jeden Morgen? Ist doch überhaupt niemand drin in der Kirche.

SAMSON Übt, du Idiot. Oder glaubst du vielleicht, einer kann sich einfach so an die Orgel setzen und gleich spielen? Damals, als der Professor noch Professor war, ist er nach dem Gottesdienst immer raufgegangen und hat dem Organisten gesagt, was er falsch gespielt hat. Ja, sogar während des Singens hat er sich bei jedem falschen Ton kopfschüttelnd umgesehen und tsch, tsch, tsch gemacht. Und jedes Mal, wenn der Organist das merkte, hat er gewußt, daß er Ärger kriegt.

SALUBI Warum spielt er das Ding dann nicht selber?

SAMSON Aus welcher Wüste stammst du bloß, daß du nicht über 'n Professor Bescheid weißt?

SALUBI Ich weiß bloß, daß da was mit Kirchengeldern war. Ist er eingelocht worden?

SAMSON Eingelocht? Glaubst du, sie lochen so einen so einfach ein? Und gar den Professor? Du kennst eben die Geschichte nicht. Wenn der Professor die Kirche betrat, hat sich jeder umgedreht, und aller Augen folgten ihm zu seinem Kirchenstuhl – er hatte nämlich seinen eigenen Kirchenstuhl, und wenn sich ein Fremder da hinsetzte, schwupp, schon war der Kirchendiener da und hat ihn weggejagt.

SALUBI Kommt mir aber nicht wie Kirche vor, eher wie Obere Zehntausend.

SAMSON Obere Zehntausend! Du hast doch keine Ahnung, was das überhaupt ist, also halt's Maul. Der Professor, der hat Klasse, der hat Stil. Der Anzug, den er jetzt trägt..., ich meine, so war er auch immer zum Abendgottesdienst angezogen. Ich kann dir sagen, die ganze Gegend war versammelt, um ihn zu sehen und zu hören. Hier haben sie sich gedrängt und ihn durch die Fenster beobachtet – ihn und seine hundert Taschentücher, die er immer auf dem Kirchenstuhl vor sich ausgebreitet hat...

Samson spielt den Professor und breitet ein paar Abschmierlappen und Lumpen auf einer Bank aus. Dann kniet er sich hinter die Bank. Er mimt einen peniblen Gekken.

Und ob du's glaubst oder nicht, der Prediger sprach eigentlich bloß für den Professor und war ganz und gar auf seinen Beifall aus.

Samson sitzt da, lauscht aufmerksam, runzelt plötzlich die Stirn, tut, als ob er ein Notizbuch zwischen anderen Büchern hervorzieht und etwas hineinschreibt.

Das bedeutete einen strittigen Punkt, über den sie dann nach dem Gottesdienst heiß debattierten.

Er tupft sich leicht die Augenbrauen und legt das Taschentuch (Abschmierlappen) mit großer Geste beiseite.

Nie hat er ein Taschentuch zweimal benutzt – niemals.

SALUBI Und wie war das mit dem Tag, als er mit dem Bischof gekämpft hat?

SAMSON Gekämpft? Was für 'n Kampf denn?

SALUBI Na, hat er denn dem Bischof nicht eine runtergehaun?

SAMSON Ich glaube, du hast überhaupt nicht verstanden, was ich dir gesagt hab. Meinst du vielleicht, der Professor hat sich je zu einer Taxichauffeur-Prügelei herabgelassen? Ist doch kein Buschmann. Einen Kampf lieferten sie sich, soweit stimmt's, mein Freund. Aber es war ein Duell zwischen Gentlemen. Paß auf, ich werd dir erzählen, wie es war. Weil der Bischof dachte, daß er mit seinem B. A. und B. D. –

SALUBI Was für 'n Zeug?

SAMSON Bachelor of Divinity, du Idiot, Bakkalaureus der Theologie. Aber B. D. oder nicht B. D., der Mann konnte dem Professor im Sprechen einfach nicht das Wasser reichen. Tatsache ist, daß jeder gesagt hat, der Professor soll auch predigen, aber er ist ja eben nicht geweiht. Und so mußten wir uns damit zufriedengeben, daß er was aus der Bibel vorlas. Und du kannst mir's glauben, dreiviertel der Gemeinde kam bloß, um seine Stimme zu hören. Und der Bischof platzte vor Neid. Wenn er bei seinem allmonatlichen Besuch nach der Bibellesung vom Professor seine Predigt hielt, ging er einfach k. o. Ehe der Bischof überhaupt den Mund aufbekam, schlief die halbe Kirche schon. Und wenn wirklich einer wach blieb, dann bloß um zuzusehen, wie sich der Professor was aufschrieb. *Zückt wieder sein Notizbuch und kritzelt eifrig* Bedeutet, daß der Bischof 'nen schweren Schnitzer gemacht hat. Doch dann warf der Bischof seine Bombe!

SALUBI Wenn du Bischof wärst und dir kommt einer so, wärst du da vielleicht nicht wütend?

SAMSON Warte. Du hast ja noch gar nicht gehört, wie sie wirklich gegeneinander gekämpft haben. Es war der Tag, an dem die Mauer von Jericho *Er deutet hinaus.* einstürzte. Der Bischof wollte dem Professor eine Lehre erteilen. Daher benutzte er den Namen von Jesus Christus in jedem Satz. Zuerst versuchte der Professor, das Tempo mitzuhalten.

Er steht auf, verbeugt sich, setzt sich, steht wieder auf – und zwar in immer schnellerer Folge. Dabei tupft er sich das

Gesicht ab und legt ein benutztes Taschentuch nach dem anderen fort – alles ohne seine gewohnte Gemessenheit zu verlieren.
Ich war da. Kotonu auch. Überhaupt die ganze Meute. Das Schauspiel regte uns so auf, daß wir alle von hier rüber zur Mauer rannten und hinaufkletterten, um besser sehen zu können. Wir wollten sehn, wer gewinnt. Ob der Professor einen Krampf im Nacken kriegt oder dem Bischof die Worte ausgehn.
Die Orgelmusik unterstreicht den Konflikt durch Tonstärke und Rhythmus.
Die Gemeinde saß starr und stumm da. Jeder wußte, was vorging – jeder wußte, daß es sich um das entscheidende Duell zwischen ihrem Bischof und ihrem Laienvorleser handelte...
Samson verbeugt sich plötzlich exakt und verbleibt in der Stellung.
Auf die Weise löste der Professor das Problem. Er verbeugte sich – und richtete sich einfach nicht wieder auf. Der Bischof predigte sich die Seele aus dem Leib. Die Kirche bebte vor dem Widerhall leidenschaftlicher Botschaftsworte. Der Professor aber blieb einfach gebeugt stehen und rührte sich nicht.
Samson setzt sich hin und schüttelt voller Bewunderung erinnerungsverloren den Kopf.

SALUBI Und wie kam das mit der Mauer?

SAMSON War unsere Schuld. Wir zappelten auf der Mauer wie 'n Jockei auf 'nem siegreichen Pferd – jeder von uns. Kunden und unsere ganze Meute, alle rauf und runter oder drüber weg, bis die Mauer plötzlich mit Krachbum –

SALUBI Und du oben drauf?

SAMSON Du kannst doch nie das Wichtige vom Unwichtigen unterscheiden. Die ganze Kirche kam rausgestürzt – war aber gar nicht nötig, denn keiner von uns hatte sich was getan. Aber stell dir das ganze bloß vor: Jeder rennt raus, gerade als der Bischof von der Kanzel donnert und die ganze Menschheit zur Hölle schickt. Darum ist die Mauer auch nicht wieder aufgebaut worden. Der Bischof hat's verboten. Reine Gehässigkeit nenne ich so was.

SALUBI Und wann hat er die Kirchengelder gestohlen?

SAMSON Der Professor hat nichts gestohlen.

SALUBI *zuckt mit den Schultern* Ich krieg's schon noch raus, wo er sein Geld versteckt hat.

SAMSON Versuch's! Der Professor zertrampelt dich wie 'ne alte Zeitung.

SALUBI Glaubst du vielleicht, daß ich mich vor seinem Humbug fürchte?

SAMSON *grübelt wehmütig* Ja, damals ging es in der Gemeinde hoch her. Nicht mal die Politik war so dramatisch.

SALUBI Ich geh jetzt los und such mir Arbeit. Bei deiner Cinema-Show ist ja schon der halbe Vormittag draufgegangen.

SAMSON Wo willst du denn hin? Setz dich, unterhalten wir uns lieber.

SALUBI Ich nicht. Falls ich 'nen Wagen finde, wo sie 'nen erfahrenen Schlepper und Schaffner brauchen, komm ich und sag dir Bescheid.

SAMSON Wer hat dich drum gebeten?

SALUBI Na schön. Bleib sitzen, wo du sitzt, und spiel dir weiter Kintopp vor. *Geht ab*

SAMSON *geht ruhelos auf und ab* Ich muß in 'nem schönen Zustand sein, wenn ich so 'ne Wanze drum bitte, hierzubleiben und mir Gesellschaft zu leisten. So 'n Stinktiermaul! *Immer niedergeschlagener* Wenn der Kerl 'nen Job findet, ehe Kotonu und ich wieder mit dem Wagen auf der Straße sind, wird der Kerl einfach unerträglich. Alles bloß Kotonus Schuld. Wozu bin ich nun nutze? Ein Schlepper ohne Fahrer! Ich hätt wissen müssen, daß es früher oder später so kommt. Er hat sich nie wie'n normaler Mensch benommen. Andere Fahrer machen sogar 'nen Umweg, wenn's sich so ergibt, und überfahren 'nen Hund. Und Kotonu? Fährt lieber so, daß sich fast der Wagen überschlägt, bloß um 'nen verflöhten Köter zu verschonen! Warum machst du das, frag ich ihn, warum? Weißt du denn nicht, daß Ogun Hundefleisch liebt – daß die Hunde Ogun gehören? Laß dich warnen, Kotonu. Laß dich warnen, ehe es zu spät ist. Los, überfahre uns einen Hund für Ogun.

Während Samson sich in immer höhere Erregung hineinsteigert, kehrt Kotonu zurück, im Arm Motorteile, einen alten Schuh, eine Mütze usw. Er verschwindet durch einen weiter hinten liegenden Eingang, den der Zuschauer nicht sehen kann, in den Kleinlaster. Man hört ihn gelegentlich, obwohl er sich lautlos zu bewegen versucht. Ab und zu hebt er die über den Laster gespannte Zeltbahn und wirft einen Gegenstand hinaus – sehr vorsichtig, damit Samson ihn nicht bemerkt. Während Samson weiter vor sich hin jammert, beginnt einer der Tagediebe, auf der Gitarre zu klimpern und des Fahrers Klagelied zu singen:

Ona orun jin o eeeee
Ona orun jin dereba rora
E e dereba rora
E e dereba rora
Ona orun jin o eeeee
Eleda mi ma ma buru
Esin baba Bandele je l'odan
Won o gbefun o
Eleda mi ma ma buru
Esin baba Bandele je l'odan
Won o gbefun o

Die am Zaun Herumlungernden fallen nach und nach träge ein.

SAMSON *ruft dem Spieler und Vorsänger ärgerlich zu* Raus mit euch. Zieht ab! Ist das vielleicht ein Lied für so eine Morgenstunde? Warum geht ihr nicht los und seht euch nach Arbeit um?

Der Mann winkt ab, als ob er solche Ausbrüche gewohnt ist, und geht hinaus.

Samson dreht sich um und bemerkt Kotonu, der seine Arbeit beendet und sich wieder auf der Bank ausgestreckt hat.

Ich hab gar nicht gemerkt, daß du zurückgekommen bist.

KOTONU Du hast mit dir selber geredet, als ich hereinkam.

SAMSON Hast du verstanden, was ich gesagt habe? Hoffentlich! Es trifft nämlich so haargenau ins Schwarze, daß ich nur hoffen kann, daß du alles gehört hast, jedes Wort. – Wo ist der Professor?

KOTONU Wandert über leere Straßen und spießt dreckige Zeitungsfetzen auf.

SAMSON Dann kommt er wahrscheinlich sobald nicht wieder her?

KOTONU Nein. Der Vorfall hier hat ihn verstört. Er sucht noch immer nach der Bedeutung – du kannst von Glück sagen, daß er dich nicht verdächtigt.

SAMSON Hast du irgendwas von diesem Autowrack mitgebracht?

KOTONU Was willst du damit sagen?

SAMSON Glaubst du vielleicht, ich weiß nicht, was hier gespielt wird? Du hast Sergeant Burmas Geschäft übernommen.

KOTONU Wer hat dir das gesagt?

SAMSON Ist doch egal. Aber dir hätte ich so was nie zugetraut. Welche Entschuldigung hast du schließlich dafür? Im Krieg warst du nicht. Du kannst also kaum damit kommen, daß er dich durch und durch zum Kannibalen gemacht hat – wie Sergeant Burma.

KOTONU Mal kriegt man's auch über, immer nur Gefühl zu haben.

Draußen stimmt die Meute wieder ihr Lied an, diesmal die schlüpfrigeren Verse:

Bebe yi ga e-e-e
Bebe yi ga sisi je nda mi'ra
E e sisi je nda mi'ra
E e sisi je nda mi'ra
Bebe yi ga, o po o
Omi tide pe mi l'okobo Mo yo
Sibesibe me le f'asape laya o
Won ndi bebe leko o won ndi bebe
Eko mo roye o, ah mama
eko lawo ya o egungun d'enia

Grußworte, die vorbeikommenden Bekannten zugerufen werden, und Schmähungen durchtönen den Gesang.

KOTONU Wo ist Zorro, der aus dem Norden nie ohne einen Korb Perlhuhneier zurückkam? Wo ist Akanni, die Eidechse? Ich kenne sonst keinen Schlepper und Schaffner, der bei sechzig Kilometer auf dem Wagendach steht und Samba spielt. Wo ist Sigidi Ope? Wo ist Sapele Joe, der an der Kreuzung sechs Polizisten auf den Kühler nahm und in den Fluß beförderte? Wo ist er?

SAMSON Ist über den Brückenkahn hinausgeschossen und mit seinem Wagen versoffen.

KOTONU Und Saidu-Say? Oder Indian Charlie, der uns das Fahren beigebracht hat? Jedenfalls hat er's versucht. Und wo ist Humphrey Bogart? Cimarron Kid? Oder Muftau... Seit seinem Tod hat keiner mehr einen Tankwagen auf einen Ritt von Port Harcourt nach Kaduna raufgebracht, keiner, oder kennst du einen? Und wo ist Sergeant Burma, der seinen Tankwagen fuhr, als wäre das Riesending ein Spielzeug?

SAMSON Trotzdem...

KOTONU Sergeant Burma haben diese Unfälle nie gerührt. Er hat mir mal von 'nem Zusammenstoß erzählt. Als er in den Trümmern rumwühlte, hat er entdeckt, daß der Fahrer ein alter Kriegskamerad von ihm war. Er brachte ihn in die Leichenhalle – aber erst nachdem er alle Wagenreifen abmontiert hatte.

SAMSON Er war kein Mensch.

KOTONU Doch, war er. War er genau. Man muß sich nur gegen die Gleichgültigkeit der Kameraden schützen, die einen im Stich lassen. Ganz zu schweigen von den vielen Fahrgästen, die du vorher nie richtig siehst – eigentlich erst, wenn das große Schweigen allen Schmutz von ihren Gesichtern gewischt hat.

SAMSON Ich sehe sie vor mir, alle, bin wieder mit ihnen zusammen und verfluche ihre Großväter. Aber ich führe mich nicht so auf wie du.

KOTONU Der Professor ähnelt ein bißchen Sergeant Burma, weißt du. Um die Leichen ist er rumgegangen, als ob sie überhaupt nicht da waren. Er hatte nur das Straßenschild im Kopf. Das wollte er wieder einpflanzen. Als ich ihn so sah, mußte ich an Adam denken – wie er den Baum des Lebens einpflanzt.

SAMSON Gut, gut. Danke, aber ich möchte nichts mehr davon hören.

Kotonu sinkt in seine Lieblingsstellung zurück: Im Liegen lehnt er sich an die Ladenwand, allen Vorgängen gegenüber völlig gleichgültig. Zumeist schläft er.

CHIEF-IN-TOWN Captain!

SAMSON *ohne sich umzudrehen* Sind alle weg.

CHIEF-IN-TOWN Zu welchem Autopark?

SAMSON Wer weiß? Da, wo sie sich 'n Schnitt versprechen.

CHIEF-IN-TOWN Wann sind sie weg? Ich habe gesagt, daß ich sie vielleicht heute morgen brauche.

SAMSON Keine Ahnung.

CHIEF-IN-TOWN Du bist neu in der Gegend. Bist du einer... einer von den Jungs?

SAMSON Ich werd nicht für Sie morden, – wenn Sie das meinen. Ich nicht.

CHIEF-IN-TOWN Du wirst. Du wirst... Sitz hier bloß noch ein paar Tage länger rum, ohne Job, und du – Was ist mit deinem Kumpel?

SAMSON Er war mein Fahrer und ich sein Schlepper und Schaffner. Jetzt will er mit der Straße nichts mehr zu tun haben – abgesehen von dem, was bei dem Opfer abfällt.

CHIEF-IN-TOWN Opfer? Was für 'n Opfer?

SAMSON Reden wir nicht davon. Er wird ebensowenig morden. Und was anderes wollen Sie doch nicht wissen.

SAY TOKYO KID *betritt die Szene mit einem Sprung über den Zaun* Chief-in-Town!

CHIEF-IN-TOWN Der Captain!

SAY TOKYO KID Chief-in-Town!

CHIEF-IN-TOWN Say Tokyo Kid!

SAY TOKYO KID Nie schlechtes Holz, das bin ich, Chief.

CHIEF-IN-TOWN Was macht die Holzwelt?

SAY TOKYO KID Lauter Neger und Käfer, Chief. Bohren mir im Magen rum. Chief-in-Town! Ich wollte gerade zum

Autopark, als Ihr Wagen mich überholt hat. Ich hab gerufen, aber Sie haben nicht gehört.

CHIEF-IN-TOWN Ich brauch zehn Mann.

SAY TOKYO KID Heute?

CHIEF-IN-TOWN Auf der Stelle. Hast du meine Nachricht nicht bekommen?

SAY TOKYO KID Nein.

CHIEF-IN-TOWN Hab meinen Fahrer geschickt. Er hat gesagt, er hat's einem alten Mann in 'nem schwarzen Frack ausgerichtet.

SAY TOKYO KID Muß der Professor gewesen sein. Er hat's gar nicht gern, wenn wir so 'ne Arbeit machen. Nun, wo brennt's, Chief? 'ne Schlacht?

CHIEF-IN-TOWN Nein. Bloß 'ne Parteiversammlung.

SAY TOKYO KID Ach so. Sind wir für die allgemeine Partei oder...

CHIEF-IN-TOWN Du kennst mich. Persönliche Leibwache.

SAY TOKYO KID Chief-in-Town!

CHIEF-IN-TOWN Wie lange brauchst du, um sie zusammenzukriegen?

SAY TOKYO KID Zehn Minuten, höchstens fünfzehn – länger nicht.

CHIEF-IN-TOWN Ich brauche die härtesten Burschen, die du auftreiben kannst. Wird 'ne heiße Versammlung, sehr heiß.

SAY TOKYO KID Sie wissen, daß Sie auf mich zählen können, Chief. Und wie sieht's mit Stoff aus?

CHIEF-IN-TOWN Stoff?

SAY TOKYO KID Ja, Chief, Stoff. Chacha-Mu-Chacha – haben Sie doch bestimmt mit, nicht?

Chief-in-Town holt ein kleines Päckchen heraus.

Say Tokyo Kid greift gierig danach, untersucht es, riecht an dem Inhalt. Stoff, Chief. Richtiger Stoff.

CHIEF-IN-TOWN Ich schick den Jeep zum Autopark.

SAY TOKYO KID Nein, Chief. Schicken Sie ihn hierher. Ich trommle sie inzwischen zusammen.

CHIEF-IN-TOWN Gut. Und laß mich nicht im Stich. Fünfzehn Minuten!

SAY TOKYO KID Chief-in-Town!

Chief-in-Town geht ab. Say Tokyo Kid rollt sich eine Haschisch-Zigarette, setzt sich in einen Winkel und beginnt zu rauchen.

SAMSON *löst sich aus der Ecke, in der er mit einem Stock in dem Spinnennetz herumgestochert hat* Du erinnerst mich an eine Spinne, Kotonu, verstehst du.

KOTONU Weshalb?

SAMSON Du lebst genau wie eine Spinne. Die hier in der Ecke ist dein Bruder.

KOTONU Mein Bruder? Was soll das nun wieder?

SAMSON *späht hinüber* Ja, ähnelt dir sogar im Aussehen.

KOTONU Aber ich hab doch gar nicht so viele Beine.

SAMSON Meinst du? Nun ... vier Hinterreifen, zwei Vorderreifen und zwei Ersatzreifen. Das macht acht. Aber du liegst oder hockst einfach da, vegetierst und wartest auf – – –

KOTONU *gereizt* Hab ich mir doch gleich gedacht, daß es so was ist. Warum gibst du keine Ruhe?

SAMSON Na, wenn du den Handel mit toten Wagen überhast, kann dich Chief-in-Town jedenfalls als Totschläger anheuern.

KOTONU Keine so schlechte Idee. Zumindest seh ich das Gesicht von dem Mann, ehe ich 's ihm einschlage. Hinterm Steuer hast du diese Garantie nicht.

Say Tokyo Kid, die verglasten Augen starr auf einen Punkt gerichtet, ist im Rausch. Er ergreift die große Trommel und geht hinaus an den Zaun. Er trommelt das Signal für seine Männer und kehrt in die Hütte zurück, während die Töne nachhallen. Er rollt Haschisch-Zigaretten für seine Leute, die nacheinander eintreffen. Samson tritt zu Kotonu. Beide beobachten die Szene. Die Männer sitzen am Tisch und rauchen das Kraut.

PARTICULARS JOE *schiebt den Kopf durch die Tür und schnuppert. Er zieht den Kopf zurück und blickt die Straße auf und ab, ehe er in den Raum schlüpft. Plötzlich bellt er los.* Eure Personalien?

EIN GANGSTER Particulars Joe! Personalien Joe!

PARTICULARS JOE Ich hab gesagt: Eure Personalien!

Say Tokyo Kid reicht ihm eine Haschisch-Zigarette, die er heimlich annimmt. Er zieht sich zur Tür zurück, setzt sich abseits von den anderen hin und riecht an dem Kraut. Er nickt Say Tokyo Kid anerkennend zu, der gnädig abwinkt. Einer der Gangster langt nach der Trommel und trommelt einen langsamen Rhythmus. Say Tokyo Kid, dessen Augen irr glänzen, springt auf und zündet Joe die Zigarette an. Dann läßt er seine Armmuskeln spielen. Er blickt von einem Arm zum anderen und schwelgt im Gefühl seiner Kraft.

Say Tokyo Kid!

SAY TOKYO KID Ich bin in Ordnung, Junge.

PARTICULARS JOE Nie schlechtes Holz.

SAY TOKYO KID Junge, ich bin okay, wie 'n gesunder Baumstamm ohne Bohrkäfer.

SAMSON Was würd ich drum geben, wenn der Professor jetzt reinkäme.

SAY TOKYO KID *spuckt aus* Das würde passieren, wenn dein Professor jetzt reinkäme. Ich kümmre mich 'n Dreck um den verrückten Kerl, und das weiß er auch. Er ist schon okay, aber er benimmt sich manchmal wirklich verrückt. Und das sag ich dir, eines Tages geht er zu weit und dann –

EIN GANGSTER Hoch der Captain!

SAY TOKYO KID Ich bin Say Tokyo Kid und fürchte keinen Menschen.

SAMSON Jetzt redest du große Töne. Ja, jetzt schwingst du große Reden. Aber um seinen Wein zu saufen, bist du so schnell gerannt, wie du nur konntest.

SAY TOKYO KID Na und? Solange sein Bursche so schönen Schaum auf jeder Kürbisflasche bringt, komm ich her und trink auf den Professor. Aber das ganze Theater drum herum kann er für sich behalten. Ich mach mir nichts aus seinem verrückten Gerede. Und der übrige Zauber, Mann, der kann mir gestohlen bleiben, das ist nichts für Say Tokyo Kid.

PARTICULARS JOE *leicht benebelt* Say Tokyo.

SAY TOKYO KID Hier, Chef!

Particulars Joes Benommenheit steigert sich während des Ablaufs der Szene. Er schwankt immer stärker. Am Ende des Tanzes preßt er die Hände auf den Leib und sinkt zu Boden.

PARTICULARS JOE Gedu!

SAY TOKYO KID Hier, Chef.

PARTICULARS JOE Nie schlechtes Holz!

SAY TOKYO KID Bei mir nie, Junge.

PARTICULARS JOE Nichts so gut wie 'n tüchtiger Knüppel auf dem Rücken eines Taugenichts.

SAY TOKYO KID Möge er deinen Vater treffen.

PARTICULARS JOE Du bist ja mit Holz, nicht mit 'ner Frau verheiratet.

SAY TOKYO KID Möge er die Quelle deiner Ur-Ur-Großmutter treffen.

PARTICULARS JOE Oh, welch ein Leben für die, die Kinder gebären.

SAY TOKYO KID *grient breit, macht eine unzüchtige Geste* Ich meine, ein Mann muß auch seinen Stolz haben. Ich fahre kein Holz, das nicht hundert Prozent gesund ist. Ich bin ein Mann mit Prinzipien. Holz fahren, ist was anderes, als Passagiere fahren, das laß dir gesagt sein. Du fährst Dreck. Du fährst Aussätzige. Die Weiber schrein: »He, mal anhalten! Mal anhalten!«, weil sie mal rausmüssen. Und wenn du nicht anhältst, pinkeln sie dir den Wagen voll. Und ob du anhältst oder nicht, ihre Kinder versauen dir den Wagen sowieso. Er stinkt nach so 'ner Fahrt. Bist du deine Ladung los, stinkt der Wagen von vorn bis hinten nach Essensresten und allem möglichen Unrat. Das ist das, was du Bus nennst.

SALUBI Say Tokyo Kid!

SAY TOKYO KID Das bin ich, mein Junge, keine Zeit für so 'nen Unsinn.

SALUBI Ich weiß nicht, ich geh gern mit Leuten um. Wenn ich mir das vorstelle, so 'ne tote Ladung zu fahren von einem Ende der Welt zum anderen...

SAY TOKYO KID Tot! Denkst du, ’n Baumstamm ist tot? Wovon redest du eigentlich, Junge? Meinst du vielleicht, du kannst ’nen Wagen mit ’ner Holzladung so fahren wie deinen Laster voll Passagiere?! Dann setz dich mal hinters Steuer. Wirst ganz schön schnell merken, wie diese tote Ladung dir ’s Steuer aus der Hand nehmen will. Du machst mir vielleicht Spaß! In jedem Baumstamm gibt’s aberhundert Geister, und die versuchen, dir übel mitzuspielen, weil du sie gefangen hast, verstehst du? In der Hölle sitzt ’n Geist für jeden einzelnen Stamm. *Tastet am Hals nach seinem an einer Schnur hängenden Talisman und zieht ihn hervor* Du stellst dir wohl vor, ein Bursche zieht einfach los und fällt mir nichts dir nichts einen Baum. Nein, mein Lieber, entweder du machst es richtig oder du lebst nicht mal mehr so lange, um einen zweiten Baum zu fällen. Tote erzählen keine Geschichten, mein Junge. Bis so ’n Baumstamm in Bretter gesägt und zu ’nem Tisch oder ’ner Bank verarbeitet ist, rumort der Geist drin rum. Und ich erlaub mir keine Späße mit dem Burschen, verstehst du. Keine! Ich seh mich vor. Denn wenn dir einer dein Haus umhaut, hast du auf den Burschen bestimmt auch ’ne Wut.

KOTONU Jaaa, glaub schon.

SAMSON Du glaubst doch den Quatsch nicht etwa?

SAY TOKYO KID Quatsch nennst du das? Na, dann sag mir mal eins. Warum hab ich denn nicht so viel Schnittwunden und Beulen wie die anderen Burschen hier? Weil sich das Holz nicht gegen seinen eignen Sohn wendet, darum. Ich bin ein Sohn des Holzes. Und ich fahr bloß Holz, verstehst du.

EIN GANGSTER Sohn des Holzes!

SAY TOKYO KID Das bin ich, Junge. Ein Bursche muß seine Prinzipien haben. Ich bin ein richtiger Bursche. Ich meine, sieh es mal so: Wenn dich ’n Auto überfährt, dann soll’s doch kein Volkswagen sein. Dann willst du doch lieber von ’ner Limousine getötet werden, Pontiac oder so. Na, das ist eben mein Prinzip. Angenommen, du findest mich eines Tages im Graben mit so 'nem Baumstamm im Rücken. Wär's dann nicht 'ne Schande, wenn's irgendein billiger Stamm wär? So einer voller Ameisen und Holzwürmer, bloß noch gut genug für Feuerholz? Wenn ich Holz fahre, dann muß es der dickste Baumstamm sein. Einer oder zwei. Wenn's einer ist, füllt er den ganzen Wagen. Dann bleibt kein Platz, nicht mal für 'n Keil. Und erstklassiges Holz, mein Junge. Erstklassiges! Goldenes Walnußholz, Obeche, Eisenbaumholz, Schwarze Afara, Iroko, Ebenholz, Kamholz. Und das Herzholz muß gesund sein. Es muß einen guten Klang haben. *Hämmert auf seine Brust* So muß es klingen, genau so. Wie Mahagony.

EIN GANGSTER Nie schlechtes Holz!

SAY TOKYO KID Holz – da weiß ich Bescheid. Zeig mir 'n Baum, und ich sag dir, welche Insektenart ihn befallen wird. Und ich kann dir auch sagen, wie man die Rinde abschält. Und welche Geister hinter dir her sind, wenn du ihn runterschlägst. Ohne 'nen guten Kopf kannst du kein Holz fahren, keinen einzigen Stamm, mein Junge.

SAMSON Trotzdem, was macht es schon, was du geladen hast, wenn dich die Ladung zerquetscht.

SAY TOKYO KID Spaßt du? Sprich bloß für dich selber, Mann. Und wenn so ein Stamm wirklich wütend wird und mir schwer mitspielt, ist mir das noch lieber, als wenn mir Passagierpisse auf den Kopf trippt. Erst vorige Woche bin ich unterwegs an 'nem Unfall vorbeigekommen. Da hab ich 'ne Tote gesehen, war wie 'ne Dame, und weißt du, womit ihr Gesicht verschmiert war? Mit Yam-Porridge. Verstehst du, was ich meine? Eine feine Dame stirbt auf der Straße, bloß damit der nächste Passagier ihren Kopf mit Yam-Porridge beschmiert? Nein, Sir, nein! Ich fahr niemand, bloß mein eignes Holz.

Der Trommler trommelt lauter und singt mit schwerer und einschläfernder Stimme den Kriegsgesang der Gangster:

Eni r'oro ke juba
Ohun oju ri

K'o ba de'le a mo'ra
Ohun oju ri
Eni r'oro ke juba
Ohun oju ri
Ko ba de'le a ru'bo
Ohun oju ri
B'e de dele d'ojumo
Ohun oju ri
Oruwo re a pitan
Ohun oju ri
Eni r'esu ke yago
Ohun oju ri
Eni s'agbere f'elegun
Ohun oju ri

Der langsame Song und die schlaffen Bewegungen gewinnen an Tempo. Immer stärker vermischt mit Kriegsschreien und Rufen, bis der Klang eines Lasters hörbar wird und die Männer mit Sprung und Überschlag einen heftigen Kriegstanz stampfen, Particulars Joe hochheben und hinaustragen.

SAMSON *ruft ihnen hinterher* Hoffentlich werdet ihr zusammengeschlagen, alle!

Fast im gleichen Augenblick wird wild an die der Kirche benachbarte Hüttenwand gehämmert.

Was sind das nun wieder für Wahnsinnige?

Draußen, im Schatten der Hütte, stehen drei Männer. Zwei sind Chauffeure, der dritte ist augenscheinlich ein Wagenbesitzer, er ist gut gekleidet, trägt eine teure »agbada«.

ERSTER MANN Aufmachen! Los, mach endlich den Laden auf. Wir warten jetzt lange genug. Sergeant Burma ist schon eine Woche tot, worauf wartest du eigentlich noch?

ZWEITER MANN Meinst du, die Geschäfte gehn nicht weiter, und du kannst herumfaulenzen und tombo trinken? Sogar alte Wracks fahren auf Rädern. Los, zeig uns mal die Reifen.

DRITTER MANN Ich brauch 'ne Radnabe für meinen. Los, mach den Laden auf.

ERSTER MANN Und ich möchte diese Mütze, die alle Fahrer tragen. Mit breitem Schirm aus gefärbter Plaste. Schützt die Augen vor der Sonne.

ZWEITER MANN Ich brauch 'ne Menge. Wo ist der Kerl? Kotonu! Morgenstunde hat Gold im Munde! Weißt du das nicht?

ERSTER MANN Der Professor hat dich ausgewählt, wir beklagen uns nicht darüber. Aber, Mann, dann bediene uns auch.

ZWEITER MANN Kotonu! *Hämmert von neuem gegen die Wand* Da wünscht man doch wirklich, Sergeant Burma wäre noch am Leben.

DRITTER MANN Der hat keinen Tag vertan. Wenn er nicht hier war, hat seine Frau ihn vertreten.

ERSTER MANN Und wenn sie auch nicht da war, hat man sich selber bedient – und die Rechnungen richtig und pünktlich am zwanzigsten beglichen.

ZWEITER MANN Am Monatsende mußte alles bezahlt sein, auf was anderes hat sich Sergeant Burma nicht eingelassen.

DRITTER MANN Wenn du nicht bezahlt hast, hat er dich fertiggemacht.

ALLE Nein, nie hat er uns im Stich gelassen. Sergeant Burma hat uns nie im Stich gelassen.

SAMSON Pst! Pst! Hier wird geschlafen.

ERSTER MANN Das ist doch zum Verrücktwerden. Wer schläft denn um diese Zeit?

ZWEITER MANN Sag ihm, er soll den Laden aufmachen.

DRITTER MANN Du meinst, wir sollen ihn nicht stören?

SAMSON Ihm ist nicht gut. Stört ihn nicht.

ERSTER MANN Nicht gut! Nicht gut! Und bei so einem sollen wir einkaufen? Sag ihm, er soll sofort aufmachen – sofort!

ZWEITER MANN Dieser Kotonu ist 'ne Niete und 'ne Nulpe. Was denkt er, wer er ist?

DRITTER MANN Wo ist der Professor? Wir müssen es dem Alten sagen.

ERSTER MANN Er kommt erst spät nachmittags, wenn die Hütte im Schatten der Kirche liegt.

ZWEITER MANN Er ist bestimmt irgendwo auf der Straße. Machen wir uns auf die Suche. Wir finden ihn schon irgendwo.

DRITTER MANN Was ist das für ein Blödsinn! Burma hat uns nie im Stich gelassen.

ALLE Nein, nie. Burma hat uns nie im Stich gelassen.

ERSTER MANN Ersatzbolzen, Zündkerzen, Benzinpumpe...

ZWEITER MANN Scheibenwischer, Zwillingsvergaser...

DRITTER MANN Reifen, Chassis, Naben oder Kupplungsstangen...

ERSTER MANN Propeller, Kolbenwellenringe oder Batterie...

ZWEITER MANN Autoradios, Bremsen, Schalldämpfer...

ALLE Wo ist dieser Krachbum-Sergeant Burma?

ERSTER MANN Gebrauchte Kleidungsstücke jeder Art...

ZWEITER MANN Hosen, Schuhbänder, Sandalenriemen, alles bestens sortiert...

DRITTER MANN Handtaschen, Lippenstifte, Zigarettenspitzen, jede Menge...

ERSTER MANN Kinderspielzeug, Federn und Kurbelwellen...

ZWEITER MANN Motorhauben, Schirme, Brillen... Armer Sergeant Burma, armer Sergeant Burma!

ALLE Nie hat er uns im Stich gelassen. Immer war er da, wenn man ihn brauchte.

ERSTER MANN Gehen wir. Hetzen wir diesem Kerl den Professor auf den Hals. Er soll ihm die Hölle heiß machen!

ZWEITER MANN Und so was nennt sich nun Gebrauchtwarenhändler?

DRITTER MANN Er bringt Bosikona in schlechten Ruf.

ERSTER MANN Und so ein Kerl will in Sergeant Burmas Fußstapfen treten!

ZWEITER MANN Wenn Burma ’n Soldat war, ist der ’n Pfadfinder.

DRITTER MANN Seine Tage da drin sind gezählt. Suchen wir den Professor, los!

ERSTER MANN *im Abgehen* Oh, Sergeant Burma, wie vermissen wir dich!

ALLE *schon fast hinter der Szene* Nein, er hat uns nie im Stich gelassen. Burma hat uns nie im Stich gelassen, nie.

SALUBI *kommt matt und müde herein, in der einen Hand einen Napf Suppe, in der anderen einen Berg »eba«, in Blätter gewickelt* Pech gehabt. Bin hundemüde, und meine Beine sind ganz schlapp.

SAMSON Hättest sie in den Hosen lassen und gleich mit den Sachen stärken sollen.

SALUBI Das ist gar nicht zum Lachen.

SAMSON Wie wär's, wenn du 'n Bad nimmst? Du stinkst. Ich hab dich schon fünf Minuten vor deinem Reinkommen gerochen.

SALUBI Gut für dich. Und ich hoffe bloß, daß du auch deinen Kotonu zurück auf die Straße kriegst, damit ich wieder meinen Frieden hab.

SAMSON Und ich hoff bloß, daß du bald einen Ja-Sir-Ja-Sir-Job kriegst, damit wir wieder frische Luft atmen können.

SALUBI Du bist wie 'n zänkisches Marktweib. Warum verziehst du dich nicht und atmest deine frische Luft auf dem Autopark? Ehe ihr beide aufgetaucht seid, hab ich hier drei schöne Stunden für mich gehabt, drei friedliche Stunden, bevor die anderen nach und nach eintrudeln und an ihren Fingernägeln herumkauen.

SAMSON Und sich die Läuse absuchen – vergiß bloß ja nicht deine eigene Spezialität.

Salubi öffnet den Mund, um etwas zu erwidern, läßt es jedoch, setzt sich statt dessen hin und will anfangen zu essen. Er hat gerade die Suppe mit dem Finger umgerührt, als Samson auf ihn zustürzt.

Was ist das? Hast du etwa Stockfisch in dem Napf?

SALUBI Stockfisch? Ach, du meinst panla? Na klar.

SAMSON Ist denn die ganze Welt drauf aus, mich zu ruinieren? Schaff das Zeug raus, aber schnell.

SALUBI Was soll das? Kein Fahrer, der was auf sich hält, ißt eba ohne panla. Oder kennst du einen?

SAMSON *hält Salubi den Mund zu und schielt ängstlich zu Kotonu hinüber* Still! Halt um Himmels willen das Maul! Ich hab auch ohne deine ekelhafte Suppe Kummer genug.

SALUBI Eh, eh... wart mal, was soll das?

SAMSON *hilft Salubi, das Essen hinauszuschaffen* Raus damit, bring das Zeug raus!

SALUBI Was soll das alles? Du hast kein Recht, mich rauszuschmeißen. Der Professor hat überhaupt nichts dagegen.

SAMSON Das denkst du. Aber Stockfisch ist ihm zuwider. Der Geruch stört ihn beim Denken. Bringt ihn durcheinander, sagt er. Also hau ab, ehe er kommt und dich hier drin erwischt.

SALUBI Lüge, alles Lüge! Ich glaube dir kein Wort.

SAMSON Sei bloß froh, daß Kotonu schläft. Der Professor hat ihn extra eingesetzt, damit so was nicht passiert. Wenn er aufwacht, meldet er dich bestimmt dem Professor. Und was der dann mit dir macht, davon will ich gar nicht reden.

SALUBI *hampelt hin und her* Denk bloß nicht, daß du mir damit Angst einjagen kannst. Ich kümmre mich nicht die Bohne um deinen Professor. Er kann mir mal...

SAMSON Gut. Na gut. Ich sag's ihm, wenn er kommt. Ich erzähl ihm, was hier heute früh wirklich los war. Und paß auf, er schickt dir das WORT mitten in der Nacht auf den Hals.

SALUBI Erzähl's ihm, wenn's dir Spaß macht. Eines schönen Tages kriegt ihn die Polizei doch beim Wickel. Und dann schaffen sie ihn dahin, wo er hingehört – ins Irrenhaus vom Gefängnis. Bilde dir bloß nicht ein, daß du mir mit dieser WORT-Geschichte Angst einjagen kannst.

SAMSON Hau bloß ab! Ich richte deine Botschaft aus. *Er bemüht sich, ihn hinauszuschieben.*

SALUBI Du richtest meine Botschaft aus! Mir doch egal. Oder glaubst du, ich weiß nichts von der Sache mit den Kirchengeldern? Richte ihm aus, daß ich gegen ihn als Zeuge aussagen werde, wenn ihn die Polizei beim Wickel hat. Das richte ihm aus. Der Mann ist eine Gefahr. Verkehrsschilder ausreißen und all so'n Mumbo-Jumbo.

SAMSON Ja, ja. Ich richte es ihm aus. Aber komm hier nie wieder mit Stockfisch rein, nie wieder, verstanden.

SALUBI Ein bißchen Stockfisch schadet seinem Schädel, und was da drin ist, nun bestimmt nicht – sag ihm das ruhig.

Samson schiebt Salubi hinaus. Er schielt besorgt zu Kotonu hinüber und wirkt erleichtert, weil Kotonu anscheinend nichts gehört hat. Er geht auf und ab. Bleibt stehen, schleicht auf Zehenspitzen an Kotonu vorbei und versucht, durch ein Loch in den als Laden dienenden Kleinlaster hineinzuspähen.

KOTONU Ich hab nicht abgeschlossen. Brauchst bloß die Türbretter beiseite zu schieben.

SAMSON *springt erschrocken zurück* Wer interessiert sich schon für deine grauslige Ware?

KOTONU Ich hab nicht gesagt, daß du's tust.

SAMSON Trotzdem, ich kann bloß über dich staunen. Es gibt so viele Seiten bei dir, die ich nie vermutet habe. Ich meine, wenn ich mir überlege, daß wir zusammen aufgewachsen sind...

KOTONU Hör auf, hin und her zu rennen, das wär schon was. Ich möcht nämlich schlafen.

SAMSON Willst du nicht lieber den Laden aufmachen? Vielleicht möcht jemand ein bluttriefendes Wagenpolster vom letzten Zusammenstoß kaufen.

KOTONU Ich verkauf noch gar nichts. Brauche noch ein paar Tage, um mich dran zu gewöhnen.

SAMSON Für wie dusslig hältst du mich eigentlich! Oder hast du Salubi vielleicht nicht die Uniform verkauft?

KOTONU Ich hab ihm kein Stück verkauft. Er hat sie gestohlen. Ich hab ihn dabei erwischt, wie er sie genommen hat. Behalt sie ruhig, hab ich ihm gesagt. Ich geb sie dir gern.

SAMSON Er hat sie nicht gekauft?

KOTONU Ich hab sie ihm gegeben.

SAMSON Der Kerl stinkt nicht nur wie die Lagune von Lagos, er lügt auch noch wie ein Mädel aus Lagos.

KOTONU Laß ihn. Was gibst du dich mit ihm ab?

SAMSON Das werde ich dir sagen. Weil er auf deine Fahrlizenz scharf ist.

KOTONU Liebe Güte, warum sagt er das nicht?

SAMSON Sagen wird er kein Wort, das nicht. Aber er lungert hier herum, damit er sie dir billig abkaufen kann. Und dann soll der Professor seine Kunst dran zeigen.

KOTONU Wenn er wieder auftaucht, kannst du ihm sagen, daß er sie kriegen kann.

SAMSON Eher würd ich sie einem Hund vorschmeißen. Tatsache ist, daß ich sie wiederhaben will. Und zwar jetzt. Ich trau dir nicht länger.

KOTONU Hol sie dir. Da drüben hängt sie.

SAMSON *geht hinüber, nimmt die Fahrlizenz von der Wand und steckt sie in die Tasche* Zumindest will ich sehn, daß ich einen anständigen Preis dafür kriege – und nicht von 'nem stinkenden Affen in 'ner Uniform. Neun Jahre waren wir zusammen. Und was nun? Nun willst du 'n Ladenschwengel machen.

KOTONU Und schlafen.

SAMSON Ja, schlafen. An einem Fleck lauern wie eine Spinne. Und ich? Wie soll ich ohne das Trittbrett von 'nem Autobus leben?

KOTONU 's gibt so viele Fahrer, die einen guten Schlepper und Schaffner brauchen. Einer davon nimmt dich schon.

SAMSON Ja, einer davon nimmt mich schon. Neun Jahre haben wir zusammen gearbeitet, und jetzt soll ich mich irgendeinem Fahrer an den Hals schmeißen?

KOTONU Nimm an, ich wär bei 'nem Unfall umgekommen. Die an der Brücke – das hätten ebensogut wir sein können.

SAMSON Aber wir sind es nicht gewesen. Der andere Wagen hat uns überholt. Das war reine göttliche Vorsehung.

KOTONU Ein paar Kilometer mehr drauf... Bloß ein paar Kilometer mehr, und wir wärn als erste über die Brücke –

SAMSON *ärgerlich* Was fängst du immer wieder davon an? Sie haben uns überholt – ihr Pech. Hätte jeder sein können. *Er geht hin und her. Bleibt stehen, betrachtet die Spinne* Dein Bruder nimmt grade 'ne Mahlzeit ein. Hm, sind nur noch die Flügel von der Fliege übrig.

KOTONU Die Straße und die Spinne, beide lauern und glotzen, – und dann kommt ein Fahrer oder 'ne Fliege fröhlich angesummt wie 'n Idiot, und schon –

SAMSON *sehr hastig* Gut. Schon gut.

KOTONU Aber weshalb sie und nicht wir? Ihre Namen waren noch nicht in das verfaulte Holz geschnitzt.

SAMSON *kommt schnell aus der Spinnenecke* Schon gut, ich hab's gehört. Ich hab verstanden. Ich bin ja nicht taub.

KOTONU Was ist los? Ich wollte doch bloß versuchen dahinterzukommen.

SAMSON Ich möcht's gar nicht wissen. Ich möcht einfach bloß, daß du weiter mit mir fährst, daß du's nicht hinschmeißt. Das ist alles, was ich will.

Kotonu zuckt mit den Schultern und läßt sich wieder zurückfallen.

Ich meine, sieh die Sache doch mal mit vernünftigen Augen an. Was kannst du denn außer Autofahren? Nichts!

Der Professor tritt von der Kirchenseite her auf und sieht sich, ohne seine würdige Haltung aufzugeben, aufmerksam um, ob ihn auch niemand beobachtet. Er blickt durch das offene Fenster, als spähe er durch einen Spalt. Er klopft vorsichtig mit seinem Stock an die Wand und stochert in den Ritzen, um zu prüfen, ob sie noch fest ist. Dann schüttelt er traurig den Kopf und geht quer über die Straße zur Hütte.

SAMSON Ein Talent so zu vergeuden – die reine Sünde. Gibt in ganz Afrika keinen, der's hinterm Steuerrad mit dir aufnimmt.

KOTONU Ob du'n Menschen wohl schlafen lassen kannst?

Samson bemerkt den Professor. Er eilt ihm entgegen, nimmt ihm die diversen Zeitungsbündel ab und legt sie auf den Tisch. Der Professor nickt ihm herablassend zu und stellt seinen Stock sehr sorgfältig ab. Danach stapelt er die Bündel methodisch auf einer Tischseite, holt Feder, Bleistift, Radiergummi sowie einige Papiere aus den Taschen und legt sie an den gehörigen Platz auf dem Tisch. Samson verfolgt hingerissen dieses tägliche Ritual. Danach zieht der Professor an der Kette eine Taschenuhr aus der Westentasche, sieht nach der Zeit und zieht die Uhr auf.

SAMSON Was macht das WORT heute, Professor?

PROFESSOR Gefangen. Fest in dämonischer Haft. Ich habe die Wände geprüft. Noch geben sie nicht nach. Aber ich kann warten. Ich muß die Suche geduldig fortsetzen. Und ich muß Trugbilder meiden – heute vormittag hatte ich eins. Ich hätte das verstanden, wäre es am heißen Nachmittag geschehen, wenn die Sonne heiß über dem Asphalt flimmert. Das ist die Stunde der Trugbilder. Aber Trugbilder am Morgen! Egal. Nun bin ich darauf vorbereitet – noch einmal lasse ich mich nicht täuschen.
Er zieht eine Zeitung aus einem Bündel und beginnt zu lesen, wobei er ein Vergrößerungsglas benutzt.

SAMSON *schleicht auf Zehenspitzen zu Kotonu zurück* Warum fragen wir ihn nicht, wie er darüber denkt?
Kotonu tut, als schlafe er.
Antworte, ich weiß, daß du wach bist.

KOTONU Ja, ja ... frag ihn, frag, was du willst.

SAMSON *nähert sich schüchtern dem Professor* Bitte, Sir ... Sir ... Professor ... Sir ...
Der Professor schaut auf.
Ich ... wir ... mein Freund und ich ... Ich meine, wir fragen uns, ob Sie uns in einer sehr heiklen Sache raten könnten.

PROFESSOR Ist das eine Konsultation?

SAMSON Ja, Sir, wir würden uns glücklich schätzen, Ihre Meinung zu hören.

PROFESSOR *mit Nachdruck* Das ist also eine Konsultation.

SAMSON Oh, entschuldigen Sie, entschuldigen Sie wirklich, Sir, daß ich nicht gleich dran gedacht habe.
Er fischt ein Dreipencestück aus der Tasche und legt es auf den Tisch, doch der Professor blickt weiterhin starr über ihn hinweg. Samson fügt nervös einen Penny hinzu, dann einen weiteren. Er will schon einen dritten dazulegen, entschließt sich jedoch zu protestieren.
Aber Professor, wir haben doch beide keinen Job.

PROFESSOR *betrachtet erst ihn, dann das Geld. Zuckt mit der Schulter und steckt die Münzen in die Tasche* Gut, aber nur, weil du es bist. Wenn du es herumtratschst, zahlst du nachträglich die volle Summe. Sonst nützt noch jeder Bettler meine Großmütigkeit aus.

SAMSON *dankbar* Kein Wort kommt über meine Lippen, das schwöre ich. Kein Wort. Sie sind wirklich gütig.

PROFESSOR *klemmt sich ein Monokel ins Auge und mustert Samson* Nun, auf den ersten Blick würde ich sagen, daß du Sorgen hast. Du hast irgendwelche Schwierigkeiten.

SAMSON Stimmt, Sir, Sie haben es getroffen.

PROFESSOR Tatsache ist, möchte ich sagen, daß du in einer Entscheidungskrise steckst.

SAMSON Ah, ... ich weiß nicht, was Sie meinen, Professor.

PROFESSOR Wie solltest du auch? Du bist unwissend. Ein Glück für dich, daß ich über dir wache – über euch allen!

SAMSON Ja, Sir, schon ... Aber, unser Problem, Sir ... meine Frage ...

PROFESSOR Das Leben ist schwierig für die Ungläubigen, sehr schwierig. Aber verzweifle nicht.

SAMSON Nein, Professor. Doch was ist mit unserer Schwierigkeit, Sir? Sie wissen ja, Sir, mein Freund war Fahrer und –

PROFESSOR Er hat einen neuen Job – bei einem Millionär.

SAMSON Bei einem ...? Wer? Ach so, er ..., ja ..., er hat gekündigt ... Nein, er ist gefeuert worden. Hat er mir selber gesagt. Er sagt, daß er gefeuert worden ist, weil er Sie irgendwohin begleitet hat.

PROFESSOR Beschuldigst du mich vielleicht – – – der Sabotage?

SAMSON Ich, Sir? Aber nicht im mindesten. Was für ein Gedanke! Bitte, Professor, vergessen Sie die ganze Geschichte, vergessen Sie sie ganz und gar. Die Sache ist eben die, daß er sowieso nie fahren wollte, da liegt der Hund begraben.

PROFESSOR Erhöhe seinen Lohn.

SAMSON Nein, Sir, daran liegt's nicht. Er will bloß eben

nicht mehr fahren, überhaupt nicht mehr. Was ich meine, ist das, Professor: Ich bin seit neun Jahren sein Gehilfe. Und jetzt will er aufstecken, einfach kein Steuerrad mehr anrühren – bloß noch, wenn's ein Ersatzteil ist, dann natürlich ja.

PROFESSOR Er wird seine Pension verlieren.

SAMSON 's gibt keine Pension bei dem Job.

PROFESSOR Was denn! Keine Pension! Läßt eure Gewerkschaft das zu?

SAMSON Professor, was ich meine, ist das: Wie kann ein Mensch ein Stück von sich einfach so abhacken? Sehn Sie sich ihn doch bloß an! Er ist ja gar nicht vollständig ohne Auto.

PROFESSOR So, wirklich? *Dreht sich um und blickt forschend zu Kotonu hinüber* Was für ein Tier ist er denn?

SAMSON Tier? Ich muß schon sagen, Professor! Sie können hier alle fragen. Jeder kennt Kotonu, von Lagos bis Monrovia, alle. Und sie kennen Samson – sein Kumpel, sein Gehilfe, sein Schaffner und der Mann, der ihm die Fahrgäste anschleppt. Verstehn Sie doch, Professor, ohne ihn wäre die Straße nicht mehr dieselbe.

PROFESSOR War er denn auch Straßenbauer oder Wegemacher?

SAMSON Wie, Sir? Ich habe Ihnen doch erklärt, daß er Fahrer ist.

PROFESSOR *zieht die Taschenuhr heraus und betrachtet sie prüfend* Hm.

SAMSON Geht sie nun? Jetzt alles okay?

PROFESSOR Nein. Aber sie zeigt noch immer die Zeit.

KOTONU *richtet sich auf* Ist Murano noch nicht da?

SAMSON *erregt* Da hören Sie es, Professor. Murano! Murano heißt jetzt sein Abendgebet.

PROFESSOR Abendgebet? *Blickt zum Kirchenfenster hinauf* Noch ist nicht die Stunde des Sakraments.

SAMSON *wendet sich ärgerlich Kotonu zu* Das ist alles, was du noch kennst. Hier rumsitzen und dir die Spucke aus'm Maul laufen lassen, bis Murano kommt.

KOTONU Was ist daran nicht in Ordnung? Ich hab gesagt, daß ich mich zurückziehe und –

SAMSON Die Leute ziehen sich erst mit sechzig zurück – so wie der Professor hier.

PROFESSOR *ohne aufzublicken* Eine kleine Richtigstellung – ich bin noch nicht sechzig. Neunundfünfzig Pfund, sieben Schilling und einundzwanzig Pence – das ist mein wirkliches Alter.

KOTONU – und das Geschäft aufbaue.

SAMSON Sicher, indem du jemand 'ne Uniform schenkst, die er dir geklaut hat. Und du hältst dich für einen Geschäftsmann, wie?

KOTONU Warum nicht? Sergeant Burma ist nicht schlecht dabei gefahren. Wenn er es konnte, kann ich es auch.

SAMSON Hören Sie, Professor. Helfen Sie mir, ihm den Kopf zurechtzurücken. Es ist genau, wie unsre Leute sagen: Der Mann, der 'nen Kopf hat, sucht 'nen Hut, und wer 'nen Hut hat, dem fehlt der Kopf. Denk doch bloß daran, was eine Fahrlizenz hier kostet!

KOTONU Ich beklage mich nicht.

SAMSON Warum solltest du auch? Ich hab schließlich deine bezahlt. Aber ich beklage mich nicht, denn es war eine gute Anlage. War!

KOTONU Ja, war. Bis zu dem hier. *Er zerrt eine große, über Stöcke gespannte ganzfigurige Ogun-Maske aus dem Lager.*

SAMSON Ich verstehe nicht, warum du die behältst.

KOTONU Die behalt ich, immer. *Verbeugt sich tief* Mein bescheidener Anteil an der Ernte der Straße. *Läßt sie plötzlich fallen* Großer Gott, großer Gott, wenn ich doch nur nicht dein Geld für meine Fahrprüfung angenommen hätte.

SAMSON Wär doch bloß verschimmelt, da wo's vergraben war. – Verstehen Sie, Professor, das Geheimnis eines Motors hat sich mir nie enthüllt, nie. Kotonu war der Pfiffige. Kaum, daß er hinterm Steuer saß, konnte er auch schon fahren – besser als Indian Charlie. Oh, Indian Charlie war unser Lehrer. Seine Seele ruhe in Frieden, aber der Kerl hat mich beinah ermordet. Fai, fai, fai! Jeden Tag mindestens vierzig Schläge. Da hab ich gemerkt, daß ich nicht hinters Steuer gehöre. Und da hab ich mein Erspartes Kotonu für seine Fahrlizenz gegeben.

KOTONU Ich hätt's nie nehmen sollen, nie.

SAMSON In der Erde wär's doch bloß verschimmelt und verfault. Ich hätt's doch bloß für meine Lizenz gebrauchen können, für nichts andres. Darum hab ich's ja auch auf dem Kirchhof vergraben.

PROFESSOR Wo hast du das Geld vergraben?

SAMSON Auf dem Kirchhof. Ich hab's in eine Zigarettenschachtel aus Blech getan und neben einem Grabstein eingegraben. Und dabei hab ich geschworen, daß ich es zu keinem andren Zweck wieder ausgrabe, sonst sollen mich alle Geister dieses Kirchhofs drei Tage und Nächte lang verfolgen.

PROFESSOR Sehr gewagt. Sehr gewagt. Alles, was mit Zauberei zu tun hat, darf man nicht leichtnehmen. Laß dich nie mit Geistern ein.

SAMSON Oh, das weiß ich. Aber es ging eben alles gut, weil ich das Geld für Kotonu verwendet habe und sein Partner geworden bin.

PROFESSOR Du weiß das WORT?

SAMSON Was ist das, Professor?

PROFESSOR Oh, der Dünkel der Insekten! Der Schmetterling denkt, das Flattern seiner Flügel ist der Vater des nachfolgenden Wirbelsturms. Der sich durch die Erde bohrende Käfer meint, er verleiht dem Arm des Vulkanausbruchs Kraft. Behauptest du, mit den Geistern, die in der letzten Ruhestätte verdammter Seelen wohnen, in Verbindung gestanden zu haben?

SAMSON Ich habe bloß gesagt, daß ich mein Geld dort verwahrt habe.

PROFESSOR Ach, die Toten sind also deine Bankiers?

SAMSON Nein, Sir, ich...

PROFESSOR Nichts dabei, nichts dabei. Nur – kann man bei diesen Bankiers auch sein Konto überziehen?

SAMSON Ich hab das Geld nur in einer Zigarettenschachtel vergraben.

PROFESSOR Doch das WORT hast du nicht gewußt, nicht wahr? Ein Grabstein dreht sich langsam und sanft im Scharnier; Engel, tagsüber in Trugbildern aus Beton gefangen, erheben sich, auf Ehrenwort, des Nachts; die Erde öffnet sich vor deinen Füßen – mein Freund; mit der Auferstehung konfrontiert, würdest du dann das WORT wissen?

SAMSON Würde ich was, Professor?

PROFESSOR Des Tages Marmorlügen! Oh, höhnender Gott! Zu denken, daß selbst Würmer das WORT wissen – warum sollten sie unser Fleisch sonst so verächtlich behandeln?

SAMSON Meinen Sie zum Beispiel, daß ich Kotonu bei Nacht begegne, falls er jetzt stirbt?

PROFESSOR Würdest du das WORT wissen?

SAMSON Na, ich weiß nicht welches WORT. Aber ich versuch's dann vielleicht mit »Vater unser, der du bist im Himmel!« und nehme die Füße in die Hand.

PROFESSOR Und dein Freund? Weiß er das WORT?

SAMSON Kotonu?

KOTONU Hmmm?

SAMSON Der Professor redet mit dir. Er spricht davon, was du auf dem Friedhof sagen würdest.

PROFESSOR Du minderst alles zu Unsinn, wenn du deinen Glauben in Zigarettenschachteln beerdigst. Du solltest dein Geld anlegen. Das WORT, mein Freund, ist ein lebendiges WORT und nicht das Gebet eines Grabschänders um Vergebung.

SAMSON *tief entrüstet* Ich bin kein Grabschänder. Ich sage Ihnen, es war mein eigenes Geld. Es war in einer Zigarettenschachtel. Hat zwei Jahre da vergraben gelegen, ehe ich es angerührt habe. *Außer sich geht er in die Ecke hinüber und betrachtet das Spinnennetz.* Oh, er ist fertig.

KOTONU Er ist nie fertig. Er ruht sich bloß mal aus.

SAMSON Ich meine nicht den Professor. Ich meine deinen gefräßigen Bruder.

KOTONU Möcht wissen, welcher Fahrer es war. Oder vielleicht ein Fahrgast?

SAMSON *aufgebracht* O ja, mach nur so weiter. Mach immer so weiter. Jetzt, wo ich dich angekurbelt habe, läßt du uns keine Ruhe. Warum gibst du nicht zu, daß du müde bist?

KOTONU Aber das hab ich doch schon gesagt.

SALUBI *stürmt herein, bleibt stehen und geht dann geradewegs auf den Professor zu* Professor, ich brauche eine Fahrlizenz.

PROFESSOR Zu spät für eine Konsultation.

SALUBI Oh, ein Versehen. Verzeihen Sie mir, Sir. *Legt einen Schilling auf den Tisch*

PROFESSOR *langt nach dem Schilling und klemmt sich das Monokel ins Auge* Auf den ersten Blick – ja, ich würde sagen, daß du ein amtliches Dokument benötigst.

SALUBI O ja, Sir. O ja. Eine Fahrlizenz. Solch eine Chance, Professor, solch eine Chance – ich wußte, daß sie kommen würde, wenn ich nur Geduld habe.

PROFESSOR Außerdem möchte ich folgern, daß du das Dokument sehr dringend brauchst.

SALUBI Verzweifelt dringend, Sir. Ich muß sofort eine Fahrlizenz kriegen, ich brauche sie sofort. Der Job ist erstklassig. Wenn ich ihn nicht kriege, bring ich mich um.

PROFESSOR Gott soll deine Knochen verfaulen lassen! Glaubst du, es sterben hier nicht schon genug Leute, und du drohst mir mit Tod. Du unechter Auswurf. Du Instrument der Verpfändung. Du unlizenziertes Anhängsel des Steuerrades. *Er wirft den Schilling zur Tür hinaus.* Ich weigere mich, deinen Fall auch nur anzufassen.

SALUBI *wirft sich vor dem Professor auf die Erde* Oga, ich bitte Sie, Sir. Entschuldigung, Entschuldigung, Sir. Ich will es nie wieder sagen, Sir, nie wieder.

PROFESSOR *in steigender Wut* Raus! Hinaus mit dir! Meinst du, ich lasse die Gemeinde wegen jedes unaufrichtigen Leichenlieferanten Totenwache halten? Selbstmord! Möge das unfaßbare WORT deine Knochen zu tausend Splittern zermalmen!

SALUBI *kauert sich angstschlotternd zusammen* Professor, bitte, nicht das. Alles, bloß das nicht, Sir.

PROFESSOR Möge dir die Zunge der Täuschung im Maul verfaulen durch das Rätsel des unberührten WORTES.

SAMSON Professor, Sir, Professor!

SALUBI Professor, bei Ihrem Vater, bitte schleudern Sie nicht solchen Zauber auf mein Haupt, bitte ... Kotonu, hilf mir, bitte ihn ...

SAMSON Sir, bitte, Sir ..., er sagt es bestimmt nicht wieder. Ich bürge für ihn. Er sagt so was bestimmt nicht wieder.

PROFESSOR Mir aus den Augen! Fort mit dir, und das WORT soll dich verfolgen, sobald du meine Schwelle verläßt. *Er setzt sich, beschäftigt sich auf übliche Art mit seinen Papieren.*

SALUBI Kotonu, wollt ihr kein Wort für mich einlegen? Ich schwöre, daß ich es nicht noch mal sage, ich spreche nie wieder vom Sterben. Kein Wort vom Sterben! – Das ist von jetzt an mein Motto. Ich male es auf jedes Auto, das ich sehe. – Kein Wort vom Sterben! Samson, hilf mir doch. Sag dem Professor, daß er den Fluch von meinem Haupt nehmen soll. Bitte, Samson, mach, daß der Professor mir zuhört, daß er hört, wie ich mein Motto sage – und daß er mir antwortet.

SAMSON Salubi!

SALUBI Kein Wort vom Sterben!

SAMSON Salubi Salubirity.

SALUBI Kein Wort vom Sterben!

SAMSON Salubi omo agbepo – Sohn eines nächtlichen Aasfressers.

SALUBI *zögert eine Sekunde, aber Samson bleibt unzugänglich* Kein Wort vom Sterben.

SAMSON Du stinkst aus dem Maul wie ein Jauchewagen.

SALUBI Kein Wort vom Sterben.

SAMSON Dein Leib und deine Läuse sind wie David und Jonathan.

SALUBI Kein Wort vom Sterben!

SAMSON Du schändlicher Straßenräuber, du würdest deine eigene Großmutter überfallen.

SALUBI Kein Wort vom Sterben!

SAMSON Iwin ogodo. Du Sprößling des Sumpfes! Zehn wie du und die Seifenfabriken machen zu.

SALUBI Kein Wort vom Sterben.

SAMSON Professor, ich glaube, er bereut aufrichtig. Kotonu und ich bitten Sie, ihm zu vergeben.

Da er keine Antwort erhält, dreht er sich um, fingert Geld aus einer tiefen Tasche, wendet sich dann wieder um und nähert sich dem Professor. Er bleibt auf halbem Weg stehen, geht zu Salubi hinüber und durchsucht dessen Taschen nach Geld, das er mit Gesten und Gebärden der Entschuldigung dem Professor auf den Tisch legt.

PROFESSOR *ohne sich die Mühe zu machen, hochzuschauen* Ich verdopple die übliche Konsultationsgebühr!

SALUBI *springt wie ein vom Tod Begnadigter auf* Ja, Sir, alles, Sir. Ich bin Ihnen so dankbar. Und ich schwöre, daß ich es nie wieder sage. *Legt das Geld auf den Tisch und wirft sich lang zu Boden* Oh, ich danke Ihnen, Professor, ich danke Ihnen sehr. Es liegt an meiner Unwissenheit, Sir, quälen Sie mich nicht so. Kein Vater quält seine Kinder so.

PROFESSOR Fotografie?

SALUBI *holt blitzschnell zwei Momentaufnahmen hervor* Hier, Sir, alles vorhanden.

PROFESSOR Bist du ein entwichener Sträfling? Auf dem Foto siehst du ja wie ein Schurke aus.

SALUBI Ich, Sir? Bin in meinem ganzen Leben nie in 'nem Gefängnis gewesen.

PROFESSOR Ein Galgenvogel. Erkenne sofort, wenn ich einen vor mir habe. Dieses Foto bestätigt es.

SALUBI Oga, ich schwöre...

PROFESSOR Komm morgen vormittag wieder. Dich umweht Gefängnisluft.

SAMSON Hab ich dir nicht gesagt, daß du dich waschen sollst.

SALUBI Bitte, Sir, Professor, lassen Sie mich nicht aufsitzen, Sir. Geht für mich um Leben oder Tod. *Erschrocken* O je ... ich meine ... *Er bricht abrupt ab, voller Angst, wie der Professor reagieren wird.*

PROFESSOR *starrt ihn lange kalt an* Hinaus mit ihm! Schafft ihn hinaus, ehe ich es mir anders überlege.

Salubi zieht sich zurück, geht zu einer der Bänke und drückt sich scheu in eine Ecke.

Hinaus! Hinaus!

Salubi rennt hinaus.

SAMSON *folgt ihm und blickt sich um. Salubi hockt in der Nähe der Tür.* Dachte ich mir doch. Die schlotternde Todesangst und haut doch nicht ab. Und weshalb?

KOTONU *setzt sich auf* Weshalb? Das hast du doch gehört. Er will seine Fahrlizenz.

SAMSON Er weiß doch, daß der Professor sie macht, wann er will. Nein, es ist, weil Murano gleich kommt. So geht's dir auch, wenn du die Straße aufgibst. Einfach Glück, daß Murano nicht weiß, wie sehr ihr alle von ihm abhängt.

KOTONU Er kommt spät heute.

PROFESSOR *mit einem Blick zum Kirchenfenster* Er kommt zur Stunde des Abendmahls. Wenn mich dieser Schatten mit der Gnade der Dunkelheit deckt, wird er hier sein.

KOTONU Ja, scheint, daß er die Zeit immer gut hinkriegt.

PROFESSOR Sie können mich nicht ausstoßen. Ich werde im Schatten dieser Feste leben. Ich werde die Mauern nach dem verborgenen WORT fragen.

KOTONU Wenn ich fragen darf, Professor, wo haben Sie Murano eigentlich gefunden?

PROFESSOR Hinten in einem Leichenwagen, völlig vernachlässigt. Und im Sterben. Stöhnte wie ein Hund, dem ein Auto die Beine zerquetscht hat. Ich habe ihn mitgenommen – irgendwohin – und mich um ihn gekümmert, bis er wieder gesund war.

KOTONU Und dann haben Sie ihm beigebracht, Palmwein für Sie zu zapfen?

PROFESSOR *erhebt sich und tritt an Kotonu heran* Du bist scharfsinnig – oder einfach verzweifelt. Tastest dich an Murano heran. An den einzigen Menschen der ganzen Welt, in dem das WORT ruht.

SAMSON Da hat er was von! Wo er doch seine Zunge gar nicht gebrauchen kann.

PROFESSOR Tief. Stumm, aber tief. Oh, mein Freund, hüte dich vor jenen, die keine Zunge haben, denn sie sind die alleinigen Hüter des WORTES. Sie haben jenseits der Portale der Geheimnisse geschlafen. Sie haben eine Wache der Ewigkeit durchstoßen und das WORT ausgegraben, ein Goldkorn auf der Zunge. Daher ist ihre Zunge in Fesseln, daher sind sie auf ewig stumm. Oder willst du sagen, daß du nicht siehst, daß ein Bein Muranos länger ist als das andere?

SAMSON Murano? Aber seine Beine sind doch gleich lang.

PROFESSOR Oh, du blinder Tor!

KOTONU Na, ich geb zu, daß er hinkt. Trotzdem scheint er mir okay.

PROFESSOR Wenn ein Mensch mit dem einen Bein in einer und mit dem zweiten in einer anderen Welt steht, sind seine Beine niemals gleich. Der große Zeh von Muranos Fuß – vom linken selbstverständlich – ruht auf der schlummernden Schmetterlingspuppe des WORTES. Wenn diese Hülle birst, meine Freunde – ihr und ich ... ich sage euch, das ist der Augenblick, auf den wir warten. Das ist der Augenblick unserer Wiedereinsetzung. Wenn diese Hülle birst ... *Seine Bewegtheit steigert sich, er bricht unvermittelt ab, schnieft ein-, zweimal, wischt seine feuchten Brillengläser ab und kehrt rasch zu seinem Tisch zurück.*

SAMSON *geht zu Kotonu hinüber* Ich wollte diesem Murano schon oft folgen. Er geht etwa früh um fünf los, in die Richtung da. Und kommt nicht vor nachmittags fünf zurück. Lange Zeit, um 'n bißchen Palmwein zu zapfen. Hast du jemals darüber nachgedacht, wo er hingeht?

KOTONU Drüber nachgedacht? Warum sollte ich?

SAMSON Eines schönen Tages folge ich ihm ...

KOTONU *scharf* Bist du vielleicht lebensmüde?

SAMSON Ich hab doch überhaupt nichts gesagt.

PROFESSOR Wer für befremdliche Erscheinungen nicht gerüstet ist – solche Toren wie du –, der wird verrückt oder blind, wenn er seiner Neugier folgt. Finde zuerst das WORT. Es genügt nicht, Murano in der Morgendämmerung zu folgen und ihm nachzuspionieren wie ein mißtrauisches Eheweib. Finde das WORT.

SAMSON *uninteressiert* Wo findet man es, Professor?

PROFESSOR Wo? Wo der Aufstieg abbricht und ein geflügeltes Geheimnis zurück auf die Erde stürzt. Frage Murano.

SAMSON Aber er kann doch nicht sprechen.

PROFESSOR *verschlagen* Da hast du es! Sie wissen, was sie tun.

Zwei Gangster, die Köpfe blutig geschlagen, taumeln herein. Einer sinkt auf eine Bank, der andere stürzt zum Wasserkessel, trinkt wie ein Kamel, gießt sich den Rest über den Kopf und sackt neben dem Gefäß zusammen. Der Professor mustert die beiden Gangster verärgert und macht sich dann mit grimmiger Konzentration wieder an seine Arbeit.

SAMSON *zaghaft* Professor, wenn Sie bloß ein Wort finden, damit Kotonu das Fahren nicht aufgibt. Weiter will ich nichts.

PROFESSOR *schlägt plötzlich auf den Tisch* Das war es! Ich wußte doch, daß ich noch etwas vergessen hatte. Eine Lösung, eine Kompensation, eine Entschädigung, ein Ausgleich von Unstimmigkeiten... Bring mir die Fahrlizenz deines Freundes.

SAMSON *langt danach* Glauben Sie, daß es vielleicht in der Fahrlizenz ist?

PROFESSOR Was?

SAMSON Das WORT.

PROFESSOR Meinst du etwa, ich suche jede Sekunde danach? Wofür hältst du mich – für einen Idioten?

Setzt sich eine Brille auf und prüft die Fahrlizenz sorgfältig, wobei er zusätzlich das Vergrößerungsglas zu Hilfe nimmt. Er legt Salubis Fotografie über das Paßbild Kotonus. Seufzt traurig

Ein Zeichen meiner nachlassenden Kräfte, daß ich über alles, was die Abänderung erleichtert, froh bin. Es ist noch gar nicht so lange her, da hätte ich solche ungeschickte Handwerkelei verachtet; da habe ich aus alten Elektrizitätsrechnungen und den Regierungsformularen, in die die Lebensmittelhändler ihre Waren einwickeln, nagelneue Dokumente fabriziert. *Seine Feder senkt sich auf die Papiere.*

SAMSON *voller Schrecken* Was haben Sie vor, Professor?

PROFESSOR Fast ein Jahr her, daß ich meine hundertste Fälschung feierte. Es ist immer schwer, aus nichts etwas zu machen und von grundauf zu fälschen. Und ich werde alt. Früher habe ich drei Fahrlizenzen in einer Woche verfertigt und keine Ermattung gespürt. Wenn ich jetzt eine schaffe, habe ich das Gefühl, am Ende meiner Kräfte zu sein. Hier ist nur ein bißchen anzupassen. Eine schöne, saubere Übertragung, keine Fälschung, die ich vom ersten Federstrich an aufbauen muß.

SAMSON Aber Professor! Und wir? Unser Lebensunterhalt? Ich hab Sie gebeten, ihn zu überzeugen, daß er zur Straße und zum Steuer zurückkehren muß. Und was tun Sie? Sie wollen ihn ganz und gar von der Straße trennen. Wovon solln wir leben?

PROFESSOR Er wird das WORT finden.

SAMSON Das WORT? Füllt das meinen Bauch oder seinen?

PROFESSOR Samson. Löwenherziger Samson mit dem Kopf eines Esels. Begreifst du denn nicht, daß dein Freund nie wieder fahren wird?

SAMSON Wie wollen Sie das wissen. Es ist bloß eine Phase, er wird sie überwinden.

PROFESSOR *plötzlich mit langem, durchbohrendem Blick* Höre, mein Freund, warst du je Millionär?

SAMSON Was...? Wer... Ich...? Ich versteh nicht, Professor.

PROFESSOR Heute vormittag hatte ich ein sonderbares Erlebnis. Ich verirrte mich und gelangte in den Palast eines Millionärs. Dein Freund hat mich fortgeführt, sonst würde ich vielleicht noch immer verloren umherirren. Als Dank dafür nahm ich ihn mit zur jüngsten Opfergabe des

WORTES. Ich habe ihn angenommen – und dich – wie die anderen. Woher kommst du? Wann verabschiedest du dich wieder von mir? *Er zuckt mit den Schultern.* Doch dort, als sich Blut und Bruchstücke an seine Füße klammerten, erkannte ich ihn. Und vor meinen Augen, das laß dir sagen, wurde er berührt.

SAMSON Gerührt. Hätte ich Ihnen vorher sagen können. In Gefühlen ist er hemmungslos.

PROFESSOR Nein, nein, nein – das meine ich nicht. Er wurde berührt, *Er sieht zu Kotonu hinüber und tippt sich an die Stirn.* da, meine ich. Ich habe Verrückte beiderseits des Grabes gekannt, aber er... *Schüttelt mitleidig den Kopf* Nein, rechne nicht damit, daß er wieder fährt.

SAMSON Wird er. Muß er. Er versteht doch nichts andres. Seine Hände taugen doch bloß dazu, das schwere Steuerrad zu drehn und diese verdammten Gänge reinzudrükken und rauszunehmen, womit ich nie fertig geworden bin.

PROFESSOR Und mir scheint, du meinst, daß du bloß atmen kannst, wenn du auf der hinteren Ladeklappe schaukelst und der Auspuff dir giftige Gase ins Gesicht bläst.

SAMSON *erstaunt* Sie begreifen es, Professor. Ich meine, für einen Mann der Bücher, wirklich... Aber bitte, Sir, helfen Sie ihm, daß auch er es begreift. Wir sind zusammen aufgewachsen, und ich weiß, daß er hinten in einem Wagen gemacht worden ist.

KOTONU Samson! Ich bin bloß in einem Auto geboren worden.

SAMSON Ach, was weißt du! Glauben Sie mir, Professor, sein Vater hat mir ein paar Sachen erzählt, die würden sogar Sie schockieren. Ja, obwohl Sie ein Mann von Welt sind, würde Sie das schockieren. Er hat mit mir geredet wie mit 'nem Erwachsenen.

PROFESSOR Er hatte einen Vater?

SAMSON Aber ja. Er fuhr einen Schubkarren, und sie nannten ihn Kokol'ori. Er war der erste Schubkarrenfahrer, und der geilste dazu, zwischen Obalende und Agege. Sie wissen ja, Professor, die nach ihm kamen, brachten's zum großen Transportgeschäft. Sein Vater nicht. Er fing mit einem Schubkarren an und endete mit einem – mit demselben. Bloß mit einer Veränderung: Er zog Gummireifen über die Holzräder.

PROFESSOR Oh, noch ein durch Freundlichkeit und Güte ruinierter Mann.

SAMSON Freundlichkeit? Kotonus Vater gütig? Er war bloß einfach zu verrückt hinter Weibern her, das ist alles. Ein Karrenschieber – wer sind dem seine besten Kunden?

PROFESSOR *ungehalten* Hab mich nie mit diesem Geschäft befaßt.

SAMSON Na, Händlerinnen, Sir. Marktweiber. Die Marktweiber sind der Rückhalt des Transportgeschäfts in Omolanke, Sir. Aber Kokol'ori nahm ihnen keinen Penny ab. Nein, statt dessen schlief er mit ihnen. Überall. Hinten im Marktstand, unter der Carter Brücke... in seinem Karren. Einmal sperrten sie ihn in eine Gefängniszelle. Andere wären ausgebrochen und geflohen. Und was tat er? – Unternahm 'nen Einbruch in die Nachbarzelle, in die man 'ne Frau gesperrt hatte. Und mit ihr verbrachte er dann die Nacht. Oh, er hat mir alle seine Abenteuer erzählt. Tatsache ist, daß ich bei seinen Geschichten den Vermittler machen mußte. Seinen Sohn hat er dazu nicht genommen, dazu war er zu feinfühlig, und daher weiß Kotonu auch kaum was von den Liebschaften seines Vaters.

Drei weitere Gangster kommen herein, die sich gegenseitig stützen. Sie sinken zu Boden wie eine geschlagene Armee.

PROFESSOR *mit einem wahrhaft furchteinflößenden Blick auf die Bande* Kasteie ihn! Verurteile ihn, sich zu kasteien!

KOTONU Zu spät. Er ist tot.

SAMSON Kotonu und ich sind zusammen aufgewachsen. Wir haben ihm geholfen, den Wagen zu schieben. *Vertraulich zum Professor* Kotonu ist in einem Schubkarren gemacht worden. Kokol'ori hat's mir selber erzählt. Der Karren war auf einem leichten Abhang geparkt, hat er gesagt.

Und als er es nun mit Kotonus Mutter machte, schaukelte der Wagen, daß er schließlich den Abhang runterrollte. Vielleicht war er deshalb so stolz auf ihn. Von allen seinen Söhnen hat er nur Kotonu anerkannt.

PROFESSOR *erst in steigendem Maße empört, wirkt zuletzt erleichtert* Nun, zumindest ist er legitimiert.

SAMSON O ja, sein Vater hatte eine Lizenz für den Schubkarren. Und sogar eine echte, nicht eine von Ihnen.

KOTONU Er hat mir den Schubkarren hinterlassen.

SAMSON Er hatte ja auch sonst nichts weiter. Bloß den Karren.

KOTONU Er starb, ehe ich Fahrer wurde. Wenn er noch am Leben gewesen wäre, als ich Fahrer wurde, hätte er zur Feier des Tages bestimmt mit sechs Frauen geschlafen. Aber er ist eben vorher gestorben. Ein Laster fuhr ihm ins Kreuz und preßte seine Wirbelsäule gegen 'ne Ladung Stockfisch. Er hat nämlich meistens Stockfisch transportiert. An dem Tag war der Schubkarren hoch beladen damit.

Die Gruppe der Gangster beginnt leise klagend zu singen.

SAMSON Wir waren beide dabei. Zogen vorn, er schob hinten. Die Stockfischballen reichten fast bis zum Himmel. Wenn die Carter Brücke schon fertig gewesen wäre, hätte die Fischladung oben drangestoßen. Wir wurden nach vorn geschleudert und ...

KOTONU ... und unter Stockfisch begraben. Konnt ich lange nicht vergessen wegen dem Stockfischgestank! Alle zerfetzten Körper auf der Straße stinken nach Stockfisch, alle, oder hat das noch keiner gemerkt?

Das Klagelied wird allmählich lauter.

SAMSON *flüsternd* Professor, Professor ...

PROFESSOR *wendet sich hastig ab und studiert seine Papiere* Ich bin beschäftigt.

SAMSON Aber was wollen Sie in der Sache unternehmen, Sir? Wenn er nicht mehr fährt, nimmt uns der Boß den Wagen weg.

PROFESSOR Stör mich nicht! Ich muß mich konzentrieren.

Laß mich mit deinen Problemen zufrieden, oder ich werfe dich hinaus.

Der Trauergesang schwillt an:

Iri se l'oganjo orun ni ki lo ti je
Iri se l'oranjo orun ni ki lo s'orun
Iri erun ta si mi l'ese iku gb'omi tan
Iri erun ta si mi l'aiya otutu eru mu mi
Iku se ni o, akoni l'aiye lo
E ba mi kedun, Kokolori o...

SAMSON Aber Professor, Sir...

PROFESSOR *so laut, daß er das Klagelied übertönt* Laß mich in Ruhe! Laß mich in Ruhe. Du fällst mir auf die Nerven. Ich biete dir Obdach, nicht mehr. Laß mich in Ruhe oder versinke in Niedrigkeit, wie alle anderen hier. Wer hat dir erlaubt, Bevorzugung zu fordern? Fort, mir aus den Augen!

SAMSON *fast in Tränen* Aber Sie müssen mir doch helfen, Sir. Er wird doch wie die anderen, Professor. In einem Monat hat er's nicht mehr im Griff und muß hier wie die anderen betteln.

PROFESSOR Ach, du denkst wohl, du bist was Besonderes, wie? Was Besseres als die anderen? Meinst du, es ist entwürdigend, unter meinen Fittichen Schutz zu suchen? *Wendet sich plötzlich den Singenden wütend zu* Und ihr hört mit dem Geheul auf, ihr Auswurf der Straße.

Der Gesang bricht abrupt ab. Sie kriechen vor der steigenden Wut, mit der er spricht, in sich zusammen.

Parasiten! Gesindel! Judasse, elende, gottverlassene Judasse! Ihr verkauft eure Leiber. Und ihr habt euch eben wieder verkauft oder vielleicht nicht? Ihr haltet euch für verwegen und tapfer. Liebe Güte, wie kann ein stupider Ochse oder ein dahinrasender Zug von Mut sprechen. Ich biete euch ein Ziel, aber ihr laßt euch auf sinnlose Unternehmungen ein, was bedeutet, daß ich warten muß. Ich kann nur hoffen, daß ihr lebend zurückkehrt, um die Bahn zu vollenden, die ich für euch vorgezeichnet habe. Aber ihr verkauft euch wieder, verlockt vom Glanz des Geldes.

GANGSTER Aber Professor, wir brauchen die Beute.

PROFESSOR Halt das Maul! Halte dein käufliches Maul!

Der Gangster gibt auf. Der Professor macht sich unvermittelt wieder an seine Arbeit.

SAMSON *zögernd* Sie sollten Ihre Zeit nicht an dieses Polizistengesindel verschwenden, Professor...

PROFESSOR *legt seine Arbeit hin und sieht Samson ruhig und fest an* Was willst du?

Samson zappelt nervös, verliert merklich den Mut.

Nun?

SAMSON Nichts, Professor, nichts.

PROFESSOR Was ist das für ein Laut?

Eisenräder rumpeln, immer lauter werdend, über Steine. Die Tagediebe, die genau wissen, was das Geräusch bedeutet, werden kleinlaut und nehmen achtungsvoll ihre Mützen ab. Kotonu ist aufgesprungen und starrt in die Richtung, aus der das Geräusch kommt. Professor nachdrücklicher Was ist das für ein Laut?

SAMSON Sie bringen sie, Professor. Der Unfall auf der Brücke.

PROFESSOR Müssen sie ihre Gegenwart so lärmend ankündigen? Vergeudung! Vergeudung! Ich habe sie nicht gekannt. Wie können sie mir etwas sagen?

SAMSON Sie kommen her – zur Massenbestattung.

Ein Leichenwagen fährt langsam vorbei, wobei der Schatten das Hütteninnere total verdunkelt. Der Wagen bewegt sich weiter auf die Kirche zu. In der Kirche brennen jetzt Kerzen, man sieht sie durch das offene Fenster. Nur das Kerzenlicht dringt jetzt in die Hütte.

PROFESSOR Oh, ich könnte zu solcher Gelegenheit eine Predigt halten! Ich könnte Schmerz wecken durch Erinnerungen...

SAMSON Ach ja, das könnten Sie, Professor. Wir denken noch immer an die Tage...

Die Orgel ertönt, und der Chor beginnt eine Trauerhymne.

PROFESSOR *schüttelt kummervoll den Kopf* Falsch eingesetzt der Chor. Bei der letzten Strophe werden die Toten froh sein, daß sie tot sind.

Die Gangster schlüpfen nacheinander aus der Tür und gehen hinüber zur Kirche.
Was denn? Ihr wollt zu ihnen hinüber?

GANGSTER Wir bleiben draußen. Wollen ihnen bloß die letzte Ehre erweisen, Sir.

PROFESSOR *zaudert, während sie unentschlossen warten. Dann schlägt seine Haltung um, und er drängt sie plötzlich.* Ja, aber ja, das müßt ihr. Geht! *Zu Samson* Du auch, geh, wenn du willst. Dein Freund auch.

SAMSON Ich hab genug gesehn. Sie vergessen, daß wir dabei waren. Direkt hinter ihnen, als sie runterstürzten.

PROFESSOR Ach ja. Ihr wart ja so nahe dabei, ... vielleicht liegt darin eine Verheißung. Aber ich fühle mich dennoch betrogen. So ein aufwendiger Leichenwagen, und keiner von euch drin.

SAMSON *entsetzt* Was haben Sie da gesagt, Professor?

PROFESSOR Nicht einer von euch ... nicht einer ... Betrüger, ihr gottlosen Betrüger, nicht einer von euch!

SAMSON Hörst du, was er sagt, Kotonu? Hörst du's?

KOTONU *erhebt sich* Seit wann kümmerst du dich um das, was der Professor sagt? Gehn wir.

SAMSON Wohin? Zum Leichenbegängnis?

PROFESSOR Fort mit euch! Ich brauche einen Augenblick der Ruhe. Geht doch und stimmt in das Wehklagen über die Erwählten ein.

KOTONU Los, komm!

Sie gehen hinaus. Der Professor bleibt einige Sekunden allein. Von der gegenüberliegenden Seite her tritt Murano auf. Er wirkt sehr unsicher. Das Zapfgefäß hängt ihm über die Schulter.

PROFESSOR *ohne sich umzudrehen* Ich dachte mir schon, daß es so kommt, deshalb ließ ich sie gehen. Als du die Orgelklänge und den Gesang gehört hast, hast du dich bestimmt gefragt, ob die Sonne dir einen Streich gespielt hat. Aber *Mit einer Wendung zu Murano* wie du siehst, ist die Dämmerung noch gar nicht angebrochen. Das da drüben ist nicht unsere Abendkommunion, bloß ein

Requiem für abgeschiedene Seelen. Ich bin sogar schon heute vormittag hergekommen. *Er kichert.* Ich darf es nicht darauf ankommen lassen. Der Vormittag ist die Zeit für Leichenbegängnisse, und wer weiß, vielleicht sind sogar sie über diese Weisheit gestolpert. Und so habe ich... mich hierher verirrt – um Obacht zu geben. *Sein Verhalten wechselt plötzlich, und er fährt hastig und schroff fort.* Du mußt schnell wieder weg, bevor sie dich sehen. Im Zwielicht oder bei Nacht sind alle Gesichter gleich. Das WORT braucht kein gewöhnliches Tageslicht, um sich zu offenbaren. Geh also gleich, geh!

Schritte nähern sich der Tür.

PROFESSOR *verzweifelt gestikulierend* Verbirg dich! Verbirg dich!

Murano verbirgt sich auf der anderen Seite des Ladens.

SALUBI *kommt herein, bleibt direkt an der Tür stehen und blickt forschend durch den Raum* Sehr sonderbar, wirklich.

Der Professor hebt den Kopf.

Ich schwöre, daß sich eben jemand hier reingeschlichen hat. Vielleicht ein Dieb?

PROFESSOR Und da meinst du, ein anderer Dieb muß mich schützen?

SALUBI Nein, Sir,... nein. Ich... Ich meine – – – ich habe eben bloß die andren zur Trauerfeier gehn sehn und mir gedacht, einer will vielleicht den Laden berauben, wo er doch weiß, daß alle weg sind.

PROFESSOR Es sind aber nicht alle weg – wie du siehst.

SALUBI *will sich rasch zurückziehen* Hab ich mich eben geirrt... Entschuldigen Sie, Sir, daß ich Sie gestört hab, entschuldigen Sie vielmals... *Er bemerkt einen Teil von Muranos Körper.* Also doch!

PROFESSOR Bist du noch immer hier?

Salubi macht ihm ein Zeichen, still zu sein, zieht ein Messer und schleicht auf Zehenspitzen nach hinten aus dem Raum. Der Professor wartet, lauscht angespannt und gibt Murano ein Zeichen, auf dem gleichen Wege zu verschwin-

den wie Salubi. Murano macht ein paar Schritte, doch ein anderes Geräusch läßt ihn innehalten. Es ist Salubi, der ihn von hinten her anfallen will. Murano bleibt auf der anderen Seite des Ladens. Salubi tritt auf, das Messer stoßbereit. Murano schleicht auf Zehenspitzen um den Laden und gelangt so hinter Salubi. Salubi lauscht, hebt plötzlich die Zeltbahn, holt weit aus und stößt das Messer tief in den Raum hinein. Murano wirft Salubi den Schulterstrick seines Weinbehälters über den Kopf und dreht ihn zusammen. Salubi läßt das Messer fallen. Mit dem Rücken zum Angreifer versucht er verzweifelt, sich den Strick vom Hals zu reißen. Voller Todesangst schwenkt er zum Professor herum und stöhnt flehend.
Professor betrachtet unbeteiligt die Szene Vielleicht... wenn du versprichst, dich nicht umzudrehen...
Salubi, schon halb erstickt, nickt heftig.
... und ihm nicht ins Gesicht zu sehen, damit du ihn bei einer Identifizierungsparade nicht erkennen kannst...
Salubi nickt wiederum, diesmal kraftloser.
...dann vielleicht... Also komm her, noch näher, und blick bloß nach hinten, wenn du lebensmüde bist.
Er gibt Murano ein Zeichen, den Strick zu lockern und von Salubis Hals zu ziehen. Salubi taumelt zu dem Professor hin, wobei er sich den Hals reibt. Murano verschwindet eiligst. Der Professor beugt sich wieder über seine Arbeit.
Und du – schaff mir deinen Kadaver aus den Augen!

Zweiter Teil

Etwa eine Stunde später

PROFESSOR Und du bringst keine Offenbarung, keine Enthüllung für mich? Du hast keine Bruchteile des WORTES gefunden, wo die Brücke sie allesamt verschlungen hat?

SAMSON Wie sollten wir an so was denken, Professor?

PROFESSOR Ein Mann muß immer ganz da sein, bei jedem Vorfall. Und der Laden? Ihr habt doch aber bestimmt neue Ersatzteile für den Laden mitgebracht?

SAMSON Sir...

PROFESSOR Du vernachlässigst meine Bedürfnisse und die Nachfrage. Sogar Fremden fällt das auf. Drei Leute haben mich auf der Straße angesprochen, um sich über deine Säumigkeit zu beschweren – weil du das Geschäft noch nicht wieder eröffnet hast.

SAMSON Ach, diese Narren...

PROFESSOR Vergiß nicht: Dieses Geschäft erhält unsre Seelen und nährt unsere Leiber. Wir verlieren jeden Tag Kunden.

SAMSON Es hat keinen Zweck, Professor. Sie wissen nicht, was wir hinter uns haben. Der Bursche eignet sich nicht für den Handel mit solcher Ware.

PROFESSOR *schlägt auf den Tisch* Ware! Aber du bringst doch gar keine. Du kommst doch mit leeren Händen. Wie soll ich da deine Aussage für die Polizei abfassen? Wie stellst du dir das vor?

SAMSON Das schaffen Sie schon, Professor. Schaffen Sie ja immer.

PROFESSOR Auf nichts hin? Du übertreibst, was du an Erschütterung im Gesicht deines Freundes gesehen haben willst. Ruf ihn!

Kotonu tritt vor. Der Professor funkelt ihn wütend an.

Es ist lediglich momentaner Widerwillen, mehr nicht. *Wühlt zwischen seinen Papieren* Ich brauche ein Vernehmungsformular. Ach, hier ist ja eins...So, nun schieß los, du..., der du mit leeren Händen und leerem Hirn zurückkehrst. Was soll ich schreiben? Na? Nun? Was ist bei der Brücke passiert? Du sagst, der Wagen hat dich überholt – gut. *Schreibt* Lastwagen fuhr mit überhöhter Geschwindigkeit. Da siehst du es, ich kann eine polizeiliche Feststellung zu Papier bringen, die dem Archiv einer jeden Verkehrsabteilung zur Ehre gereichen würde. Aber meinst du, ich hätte all diese Jahre einer pflichtbewußten Suche nur auf mich genommen, um meine letzten Augenblicke an bedeutungslose Protokolle zu verschwenden? Was hast du gesehen, mein Freund? Was hast du gesehen? Zeige mir den Blutfleck, der dir das Gehirn verkleistert hat.

KOTONU Also, da war dieser Lastwagen...

PROFESSOR Vor dem Vorfall, mein Freund, vor dem Vorfall. Warst du vorher beteiligt daran?

KOTONU Schon vor der Brücke hab ich gesehn, was passieren wird.

PROFESSOR *legt die Feder beiseite. Sanft* Das würdest du beschwören?

KOTONU Der Wagen war voll beladen, und er brauchte seine Zeit, um uns zu überholen, so schwer beladen war er.

PROFESSOR *schreibt eifrig* Der Wagen zog auf gleiche Höhe und setzte sich nach einer Ewigkeit vor uns, wobei er von einer Seite zur anderen schleuderte, schwanger mit Todeskandidaten. Todeskandidaten unterstreichen.

SAMSON Vernünftige Menschen wenden sich von Anblicken ab, die sie nicht ertragen können, oder nicht, Professor?

PROFESSOR Hol einen dieser Kräutersammler, um ihn zu impfen. Keinen von diesen Gesundheitsministeriumsleuten, verstehst du? Nimm einen Kräutersammler. Die Nadel des Ministeriums taugt doch bloß dazu, das WORT oder zerfetztes Fleisch zu flicken. Meistens aber das zerfetzte WORT. Zwölf Peitschenhiebe jeden Tag auf seinen nackten

Rücken und viel gemahlenen Pfeffer in die aufgeplatzten Striemen, das ist die einzig wirksame Impfung.

KOTONU Ich schwöre, so war es. Der Wagen war voller Leute, aber kein Gesicht zu erkennen...

Der Professor kritzelt noch immer schnell.

SAMSON Weil sie Tücher vorm Gesicht hatten. Es war doch bloß ein Kolanuß-Lastwagen aus dem Norden, und im hintern Teil waren lauter Leute. Der Wagen war überladen, wie immer. Und sie hatten die Tücher vorm Gesicht, um sich vorm Staub zu schützen.

KOTONU Ach ja, der Staub... Der Staubgeist, der sie verfolgte...

SAMSON Na bitte, du gibst es zu – der Staub. Wie konntest du bei dem Staub was sehn? Nur verschwommene Umrisse...

KOTONU Aber er hat sich doch verzogen, verstehst du. Vor meinen Augen hat er sich verzogen, und ich sah, daß ich mich geirrt hatte. Es war ein offener Lastwagen und nichts drauf außer lauter Stapel kopfloser Fische. Und, mein Gott, dieser Stockfischgestank! Aber wir haben sie zuletzt wieder eingeholt... vor der kaputten Brücke... Und du hast noch gerufen –

SAMSON Paß auf, Kotonu! Paß auf!

Lautes Bremsenkreischen

KOTONU Schon gut. Ich hab's gesehn.

Indem sie den Vorgang nachspielen, kommen sie nach vorn, gehen vorsichtig um einen Fleck herum und spähen gleichsam durch ein Loch in die Tiefe hinunter.

Ich hatte keine Ahnung, daß ein Leichenwagen so groß ist. In unseren Friedhof wär er nie reingekommen. Unsere Tore sind nicht breit genug.

SAMSON Geh nicht so nah an den Rand! Die Planken sind verfault.

KOTONU Mächtiges Loch, das sie da gemacht haben. Und das Geländer ist völlig futsch.

SAMSON Um Gottes willen, sei vorsichtig.

KOTONU Keine Angst. Das Loch war nicht für mich bestimmt.

SAMSON Kommt dir diese verdammte Brücke so wählerisch vor? Sei vorsichtig, sage ich dir, mehr nicht.

KOTONU Ich sag dir doch, das Loch war nicht für mich bestimmt. Keine Meile von hier, bloß ein paar Minuten, seit sie uns überholt haben, nicht?

SAMSON Geh von dem verdammten Loch weg!

KOTONU *tritt zurück* Du regst dich immer viel zuviel auf.

SAMSON Trauernde bleiben besser hinter dem Sandhaufen.

KOTONU Und die Frau, die sich an die Brust schlägt und ihrem Mann ins Grab folgen will, tut das bloß, weil die starken Arme ihrer Brüder sie sowieso zurückhalten – oh, ich kenne das Gejammer!

SAMSON Tröste dich! flehen sie. Und sie tröstet sich. Tröstet euch, wie der Prediger zu seiner Gemeinde sagte. Und der halbgebildete Erklärer sagte: Trost, ja – dieser Trost; mein Volk – ist mein Volk. Dieser Trost ist mein Volk.

ZUSAMMEN Comforti yi; enia mi ni. *Sie lachen mit deutlich hysterischem Unterton.*

PROFESSOR Aber da gibt es doch noch diesen anderen Witz, den über den Fischer, der ein volles Netz gegen die Sandbank klatscht. *Läßt seine Augen im Kreise wandern* Wenn die Straße trocken ist, läuft sie in den Fluß. Aber der Fluß? Wenn der Fluß ausgetrocknet ist, welche Wahl bleibt dann als diese? Es ist immerhin ein freundliches Rinnsal – ein bißchen rot gefärbt, na ja – zwischen den nackten Schenkeln eines stets geduldigen Felsens. Der Fels ist eine Frau, begreifst du, genau wie die Straße. Sie wissen, wie man daliegt und wartet.

SAMSON *besorgt* Kotonu ...

PROFESSOR *schreibend* Unter dieser Brücke ein Berg schwarzer Hintern, zwei unnachgiebige Schenkel und dieses rote Rinnsal, wie eine Frau, die ihre monatliche Blutung in einem spärlich rieselnden Bach wäscht. So viele Leben schießen zwischen ihre Schenkel und rinnen hinaus, das meiste davon Vergeudung.

SAMSON Die Passagiere kommen raus.

PROFESSOR Ausgeschieden aus den Eingeweiden irgendeines gefräßigen Gottes... Großer Gott, sind die in einem jämmerlichen Zustand!

SAMSON Kotonu, sie kommen raus!

KOTONU *heftig* Quatsch. Sie sind tot!

SAMSON Nein. Ich meine unsere eigenen Passagiere. *Dreht sich um und rennt nach hinten zur Rückwand des Wagens* Rein mit euch. Rein, alle wieder rein! Es gibt nichts zu sehn! Wir prüfen bloß die Brücke, das ist alles. Haltet uns nicht auf, hört ihr! Wir haben keine Zeit zu verlieren.

KOTONU Nein, nein, laß sie. Es ist viel sicherer, wenn sie zu Fuß über die Brücke gehn. Bring sie rüber, und ich versuch, daß ich den Wagen an dem Loch vorbeikriege.

SAMSON Nein, laß mich erst die Planken untersuchen. Ich spring auf jeder hoch, um zu prüfen, ob sie hält.

KOTONU Damit sie noch wackliger werden? Nein, nein, wir schaffen's auch so.

SAMSON Du meinst, du kommst dran vorbei?

KOTONU Fängst du an, an mir zu zweifeln?

SAMSON *wendet sich um* Na gut. Schön, dann kommt alle runter. Was soll das ganze Zeug? Wir haben keine Zeit zu verlieren, versteht ihr. Also laßt eure Sachen drin. Ich hab gesagt, du sollst dein dreckiges Bündel im Wagen lassen! Laß es liegen, wo es liegt. Ach so, na gut, ich wußte nicht, daß das dein Kind ist. Geht alle auf dieser Seite lang. Wer was sehn will, kann ja zur anderen Seite rüber gehn. Was für 'n dämliches Volk! Bleibt ihr wirklich stehn, um so was zu sehn? Schwarze taugen doch zu nichts. Gibt's was zu sehn, bleiben sie stehn! Schneller, los! Wir haben keine Zeit zu verlieren. *Er kommt plötzlich nach vorn gerannt.* Gott strafe dich, du dämliches Weib, wie kannst du dein Kind da mit rüber nehmen, daß es so was sieht? Hältst du das für 'n Cowboyfilm? Los, kommt... Nein, sind diese Menschen dämlich! Keine vernünftige Frau zeigt ihrem Kind so was! Wenn es nun schlechte Träume kriegt und nachts anfängt zu brüllen, dann sieh bloß zu, daß du 'n Medizinmann kriegst. Dämliches Weib, du: dämliches Weib! Wenn 's Unheil einen andren trifft, seht ihr's euch an, als wär's ein Film.

Während er die Passagiere über die Brücke drängt, beginnen die Fahrer leise ihr Klagelied.

KOTONU Wir hätten zuerst hier sein sollen.

SAMSON *verzweifelt* Töte uns einen Hund, Kotonu, töte uns einen Hund! Töte einen Hund, ehe der hungrige Gott sich auf die Lauer legt und als Ersatz mich verschlingt. Das war auf Messers Schneide. Jeder vernünftige Mensch nimmt es als rechtzeitige Warnung – aber der? Ich bezweifle es. Nicht um alles Geld und Gut eines Verkehrspolizisten. Hundeeingeweide! ... Da ekle ich mich geradezu vor, sagt er. Hat jemand von ihm verlangt, daß sie ihm schmecken sollen? Ogun mag sie, und darauf kommt's an, auf nichts anderes. Sein Lieblingsfleisch. Überfahr bloß so 'nen verdammten Hund und laß ihn liegen, wo er liegt. Ich hab dich ja nicht gebeten, zu stoppen und seine Eingeweide für unsre nächste Mahlzeit aufzuschaufeln. Liefere Ogun seinen Leckerbissen, damit die Straße uns nicht eines Tages anblickt und sagt: Hallo, ihr beiden, ihr seht mir aber lecker aus! Was hat es also für einen Zweck? Wer Ogun nicht willig opfert, muß zuletzt sein eignes gutes Fleisch als Opfer darbringen, dafür sorgt Ogun durch seine Ränke.

Die Tagediebe hören auf zu singen, stehen an ihrem üblichen Platz linkisch herum und blicken Samson unsicher an.

Stimmt was nicht?

GANGSTER Wir ... eh ... ich meine, Say Tokyo Kid ist nicht hier, sonst würde er es tun. Wenn du vielleicht ein paar Worte sagen ...

SAMSON Ach so, gut. *Er nimmt eine feierliche Haltung ein, genau wie die anderen, und senkt den Kopf.* Mögen wir nicht unterwegs sein, wenn die Straße heißhungrig wartet.

Der Professor hält sich zu spät die Ohren zu. Er schüttelt ärgerlich den Kopf. Die anderen lassen sich auf ihre Plätze zurücksinken.

PROFESSOR *heftig* Du kannst von Glück sagen, daß du einen Gott zu meiner Türschwelle gebracht hast. Sonst hätte ich dir in diesem Augenblick deine gotteslästerliche Zunge mit der gerechten Rache des WORTES versengt.

SAMSON *als ob er sich an alle wendet* Was habe ich denn getan?

Der Professor, noch immer aufgewühlt, nimmt seine Arbeit wieder auf. Samson wendet sich an Kotonu.

Weißt du, wovon er redet? Einen Gott zu seiner Schwelle gebracht – was meint er damit?

KOTONU *springt erregt auf* Hat er das gesagt? Einen Gott zu seiner Türschwelle gebracht – hat er das gesagt?

SAMSON Du hast es ja selber gehört.

KOTONU Ich muß es herausbekommen. Professor ...

PROFESSOR Mach das Geschäft wieder auf!

KOTONU Aber, Professor ...

PROFESSOR Das Geschäft, mein Freund, das Geschäft. Der Laden muß sofort wieder eröffnet werden. Bei mir gibt es keine heruntergelassenen Jalousien – bei mir nicht. *Deutet zur Kirche* Diese da ... die verbarrikadieren ihre Fenster. Ich habe nichts zu verbergen. Du vielleicht?

KOTONU Aber, Professor,... ich muß es wissen. Was haben Sie auf Ihrer Schwelle gefunden?

PROFESSOR Ich verbiete dir, mir deine Sorgen aufzuhalsen. Mach den Laden wieder auf!

KOTONU Ich bin hergekommen, damit Sie mir helfen. Wie lange muß ich noch warten?

PROFESSOR Mach den Laden auf! Ich warte ebenfalls, genau wie du, aber hast du mich schon mal klagen hören?

Kotonu zaudert, geht schließlich zum Laden und verschwindet hinter der Zeltbahn. Man hört, daß er die Altmaterialien zu sortieren beginnt.

SAMSON *fleht eindringlich* Zwingen Sie ihn nicht dazu, Sir, bitte nicht, Professor. Geben Sie den Laden einem anderen.

PROFESSOR Ich zwinge nie jemand zu etwas. Aber vielleicht willst du andeuten, daß Sergeant Burma ein besserer Mann war? Mir scheint, wenn ich das sagen darf, dein Freund ist Sergeant Burma überlegen. Nun, vielleicht nicht? Oder meinst du, er ist aus minderwertigerem Ton gemacht?

SAMSON Sie sind ganz verschieden.

PROFESSOR Ich führe das Haus hier nicht für unterschiedliche Leute. Und er ist auch gar nicht anders. Früher oder später wird es sich erweisen. Es wird sich erweisen wie Flöhe. Es wird sich erweisen wie Ramadan. Es wird sich erweisen wie Moskitolarven am Tage der Gesundheitsinspektion. Ich habe mir nicht die Füße auf den Straßen müde gelaufen für nichts und wieder nichts. Außerdem ist jeder den materiellen Notwendigkeiten des Lebens untertan. Wovon will Kotonu leben, da er nun mal nicht mehr fahren will?

SAMSON Wir haben was gespart.

PROFESSOR *Seine Augen leuchten auf.* Gespart, du hast etwas erspart?

SAMSON *plötzlich sehr vorsichtig* Nun ja... ein bißchen. Nicht viel, das nicht. Ich war's, der für uns beide gespart hat.

PROFESSOR *klemmt das Monokel ins Auge und starrt ihn forschend an* Wieviel hast du erspart?

SAMSON Nicht viel, Professor, nur...

PROFESSOR Die Wahrheit, ich muß die Wahrheit wissen.

Samson windet sich, ergibt sich schließlich in sein Schicksal. Er kehrt dem Professor den Rücken zu und zieht aus den tiefen Taschen seiner viel zu weiten Hose einen kleinen Beutel. Er holt schnell eine Banknote heraus, versteckt sie, und legt dann den Rest auf den Tisch.

Kein Papier? Papier, Papier! Wo ist der I. O. U.-Schein, dieser Regierungsschuldschein, auf den bei Vorlage Geld ausgezahlt wird?

SAMSON Wo soll einer wie ich so'n Papier herhaben, Sir?

PROFESSOR *macht den Beutel auf und späht hinein* Was wir

machen sollten – ich meine, ihr solltet ein Syndikat gründen.

SAMSON Ich verstehe nicht ganz.

PROFESSOR Das tust du nie. Wo ist dieser Abschaum. Suche ihn, hole ihn her!

Samson geht. Er hat ihm kaum den Rücken gedreht, da versucht der Professor, eine Münze aus dem Beutel zu angeln. In diesem Moment blickt Samson sich gerade um. Dem Professor bleibt nichts anderes übrig, als – nach natürlichem Zögern – die Münze aus dem Beutel zu ziehen. Professor völlig gelassen Startspesen, verstehst du. Für die Anfangskosten.

SAMSON *schiebt den Kopf durch die Tür* He, wach auf. Du sollst zum Professor kommen.

SALUBI *springt auf und rennt zum Professor* Haben Sie sie fertig?

PROFESSOR *reicht ihm eine Münze* Los, hol mir das übliche. Aber nur gepuffte, verstehst du. Und richtige Erdnüsse. Frische, keine laschen. Los, beeil dich!

SALUBI Geht mit meiner Fahrlizenz alles in Ordnung, Sir?

PROFESSOR Los, beeil dich!

Salubi rennt hinaus.

SAMSON Mit allem Respekt, Professor, aber mir geht nicht ganz ein, wieso das zu den Anfangskosten zählt.

PROFESSOR Wir mußten ihn loswerden. Aber er kann uns ja auch belauschen, wenn dir das lieber ist.

SAMSON Aber, Professor – er war doch schon draußen.

PROFESSOR Darum mußte ich ihn ja hereinrufen.

Samson kratzt sich den Kopf, grübelt kurz, gibt es auf. Also fangen wir an: Was bringt ihr ein? Woraus bestehen eure Aktivposten? Aus einer Fahrlizenz und dem bißchen Ersparten. Richtig? Nun, diese Kreatur, die da eben rausgerannt ist, wird für eine Fahrlizenz schwer zahlen. Ich schlage vor, die Hälfte von seinem ersten Jahreslohn, zahlbar in monatlichen Raten.

SAMSON Aber wir verkaufen sie doch gar nicht.

PROFESSOR Ich werde den I.O.U.-Schein fabrizieren. *Er*

klopft auf das Bündel sortierter Zeitungen. Siehst du das? Nicht mal der Tod kann sich eines solchen Turmes an I.O.U.-Scheinen rühmen.

SAMSON Wir geben die Straße nicht auf!

PROFESSOR Ich schlage vor, wir gründen ein Syndikat, kalkulieren die Aktivposten und beschließen, wie wir vorgehen wollen. Als besonderes Zugeständnis bin ich bereit, euch als gleichberechtigte Partner aufzunehmen. Ich halte den halben Anteil. Du und dein Freund, ihr haltet die andere Hälfte. Also alles fifty-fifty.

SAMSON Entschuldigen Sie, Professor, diese Aktivposten, wie Sie unser Geld nennen ... Ich meine, haben Sie selber etwas?

PROFESSOR *klopft wiederum auf seine Zeitungsbündel* Mehr als genug, mein Lieber, mehr als genug. Ich biete euch Zuflucht in meinem Turm der Worte.

SAMSON *mit weit aufgerissenen Augen* Wollen Sie sagen ..., daß da Geld drin versteckt ist? Und da hat jeder geglaubt, daß Sie keinen Penny haben.

PROFESSOR Geld? Was für Geld?

SAMSON *versucht, zwischen die Seiten eines Zeitungsbündels zu spähen* Vielleicht sind Sie sogar Millionär, und keiner weiß was davon. Ich hab mir schon immer gedacht, daß Sie nicht so verrückt sind, wie die Leute glauben.

PROFESSOR *hebt seinen Stock, drohend* Nimm deine von Schneckenschleim verklebten Augen von dem lebendigen Testament, bevor ich sie dir aussteche. Meinst du, ich besudele zeitlose Rosenkränze aus Kaurimuscheln mit gemeinem Geld? Wage das nicht noch einmal! Es ist wahr, ich habe das WORT noch nicht gefunden, aber reize mich, und ich lasse seine elementaren Wahrheiten auf dich los.

SAMSON *zurückweichend, doch tapfer* Sie führen einen aber auch immer an der Nase herum. Ich dachte, Ihre Aktivposten sind da drin.

PROFESSOR Sind sie auch, du Narr. Irgendwo in diesem Speicher ist das schwerfaßbare Korn, der KERN, das WORT, der

SCHLÜSSEL, das Moment meiner Rechtfertigung. Aus welcher Senkgrube hast du das geholt, was du da gegen die ausgewählte Ernte eines gläubigen Ährenlesers setzt? Nimm es weg! Fort damit!

Er fegt den Beutel mit dem Stock vom Tisch. Die Münzen fallen heraus und rollen nach allen Seiten.

SAMSON *jagt hinter den Geldstücken her und sammelt sie auf* Sie machen, daß einem ganz wirr im Kopf wird, Professor, wirklich. Ich kann Ihnen nicht folgen, überhaupt nicht. Selbstverständlich, wenn Sie I.O.U.-Scheine meinen, hat das was für sich, vor allem Regierungsscheine. Die Frage ist bloß: Sind sie so, daß sie auch von einem Gericht anerkannt werden? Bei den meisten ist die Tinte schon verblaßt. Ich meine, ... sehen Sie doch selber!

PROFESSOR Wenn ich ein Syndikat auf die Beine bringe, dann bin ich zu meinen Bedingungen beteiligt.

SAMSON *zögert, nähert sich dann wieder dem Tisch* Wenn ich mir 'ne bescheidene Frage erlauben darf, Sir – sind Sie vielleicht 'ne Kakerlake, Professor?

PROFESSOR Wovon redest du?

SAMSON Ich meine, sind Sie 'ne Kakerlake, Professor. Oder vielleicht 'ne Termite? Ich meine ... ja, ... ja, ... können Ihnen sonst solche Aktivposten den Bauch füllen?

Der Professor studiert von neuem die Zeitungen. Hier und da unterstreicht er einen Satz, umrandet ein Wort. Samson schüttelt den Kopf und sucht nach dem restlichen Geld.

KOTONU *hebt eine Münze auf, die ihm vor die Füße gerollt ist* Hier ist eine, Samson.

SAMSON *eilt zu ihm, nimmt die Münze* Oh, danke, danke schön.

Da Kotonu zurück in den Laden will

Warte, ich zieh dir bloß die Schuhe aus.

KOTONU Weshalb?

SAMSON Ein Fahrer muß Gefühl in den Fußsohlen haben. Mit seinem Hintern ist das was andres. Der kann hart sein, da kann er Schwielen drauf haben so dick wie 'n Lastkraftwagenreifen. Aber nicht an den Füßen, da nicht. Und da hat er sie auch nicht, weil er ja nicht soviel läuft. Er muß es im Gefühl haben, ob er auch richtig aufs Pedal tritt. Ich hab so dicke Sohlen, hier, sieh, und so hab ich das nie richtig hingekriegt, und deshalb kam der Motor immer auf zuviel oder zuwenig Touren. Dann hieß es: Fai! Fai! Fai! Glaubst du, ich krieg das Benzin geschenkt? hat der Fahrlehrer immer gebrüllt. Drück den Gashebel nicht so kräftig runter! Weniger, noch weniger! Sanft, sag ich, sanft, mit Gefühl – denkst du vielleicht, Auto fahren ist Fußball spielen? Fai! Fai! Fai! Du trittst auf die Bremse – bumm! – als ob du 'n Mittelstürmer in die Waden trittst. Sanft, sag ich dir, sanft... Fai! Fai! Fai! Ja, war die reine Zeitverschwendung. Jedesmal, wenn ich startete, hat die Karre wie 'ne Eisenbahn gekeucht – tscht... tscht... tscht... Und dann wieder ist sie losgeschossen wie 'n Sputnik... huiii...! Da hab ich's am schlimmsten gekriegt – Fai! Fai! Fai! Du kannst noch nicht mal laufen und willst fliegen? Je, je, manchmal wundre ich mich, wieso ich dabei nicht taub geworden bin. *Er steht eine Weile da und versucht sich zu entsinnen, weshalb er Kotonus Schuhe in der Hand hält.* Woher hab ich... weshalb hab ich denn die Dinger...? Ach ja, weil du barfuß rumrennen sollst. Sag mir, wenn du noch auf Geld trittst. Durch meine Sohlen fühl ich doch nichts.

Kotonu macht sich von neuem an seine Arbeit. Samson sucht weiter nach Geldmünzen. Salubi kommt mit den in eine Zeitung gewickelten »guguru« (Erdnüsse) zurück und hält die Hände auf. Offenbar eine gewohnte Geste

PROFESSOR *indem er das Päckchen nimmt* Gute? Lappig? Knusprig?

SALUBI Das Beste vom Besten, Sir. Hab's bei derselben Frau gekauft wie immer.

PROFESSOR *mustert das Einwickelpapier* Diese Tapa-Kreatur ist ein Genie. Enttäuscht mich nie.

Ohne nach dem Inhalt zu sehen, schüttet er ihn in Salubis Hände, der dankbar dienert und sich den Tagedieben zugesellt. Sie flüstern miteinander. Der Professor glättet das

Einwickelpapier, liest, greift nach dem Vergrößerungsglas, macht Notizen und unterstreicht Absätze.
Wirtschaft. Ekelt mich an. Aber was bedeuten diese mystischen Zeichen? Man muß den SCHLÜSSEL finden. Finde den SCHLÜSSEL, und er führt dich zum WORT,... sehr sonderbar... sehr sonderbar... Diese Zeichen stürmen in letzter Zeit geradezu heran... Dieses Weib aus Tapa weiß etwas, oder sie ist ein unbewußtes Medium. Großer Gott, großer Gott, großer Gott, diese Ungeheuerlichkeit unbekannter Bürden, verborgener Weisheit... Sage das WORT in unserer Zeit, o Herr, sprich das verborgene WORT. *Plötzlich ausbrechend* Was aber bedeuten sie? Diese Zeichen stammen nicht von Menschenhand. Was, bei der Macht der Hölle, bedeuten sie?

SAMSON *tritt heran und blickt dem Professor über die Schulter* Die Tototabelle. Ich glaube, es ist die Tototabelle.

PROFESSOR Bitte?

SAMSON Fußballtoto, Sir. Tototabelle. Spielen Sie denn nie Toto?

PROFESSOR Ich habe keine Zeit für Spiele.

SAMSON Nein, Sir. Es ist kein Spiel. Man kann 'n Vermögen dabei machen, ganz leicht.

PROFESSOR *mustert ihn mit neu erwachendem Interesse* Du bist ein merkwürdiges Wesen, mein Freund. Du kannst nicht lesen und auch nicht schreiben, wie ich annehme, aber du löst die Rätsel der magischen Zeichen, die sogar mich verblüffen – mich, dessen Leben dem Studium des verschleierten WORTES gewidmet ist. Nimmst du dergleichen tatsächlich für dich in Anspruch?

SAMSON *mißmutig* Professor, ich nehme gar nichts für mich in Anspruch. Da, sehn Sie doch, jemand hat die Tabelle ausgefüllt – zumindest sieht es so aus. Ein Kreuz hier – oder wie der Steuereinnehmer sagen würde – Mister Samsons Zeichen. Und dann eine Menge Nullen, da und dort. So füllt man einen Totoschein aus, genau so.

PROFESSOR Tatsächlich?

SAMSON O ja, Sir, genau. Und hier... da schreibt man seinen Namen hin. Schreiben Sie ihn für mich. Schreiben Sie einfach Samson hin.

PROFESSOR Du bist mutig, wahrhaftig. Du wagst das in deinem Namen?

SAMSON Bitte, Sir, schreiben Sie einfach meinen Namen hin, bloß einfach meinen Namen. Ich buchstabiere ihn – Sa-mu-son.

Der Professor schreibt, zuckt mit den Schultern.

Haben Sie auch meine Adresse hingeschrieben?

PROFESSOR Eine Adresse hast du auch?

SAMSON Die Polizei schreibt immer: Keine feste Adresse. Vielleicht machen Sie's auch so. Oder nein, schreiben Sie: Samson, Mitfahrer bei Kotonu, LE 2539, IMMER PÜNKTLICH – IMMER SICHER. Jeder kennt IMMER PÜNKTLICH – IMMER SICHER. Aber nein, das hab ich ja beinah vergessen, IMMER PÜNKTLICH fährt ja jetzt ein andrer... hm... hm... warten Sie...

Der Professor wirft die Feder hin, stößt das Blatt beiseite, aber Samson bemerkt es nicht.

Ja, gut, schreiben Sie: Im Unfall-Beschaffungsladen, Professors Bar. Man kann nie wissen. Ich schick's ab. Alles in allem ist's ein Aktivposten – um Ihre eignen Worte zu gebrauchen. Ein Bekannter von mir – ein Bote – hat so 'nen Schein eingeschickt. Und dreizehntausend gewonnen. Jetzt gehört ihm halb Apapa, und sie haben ihn zum Senator gemacht. Man kann nie wissen, nicht wahr? Wenn ich was gewinne, steck ich's in einen neuen Wagen und setz Kotonu als Fahrer rauf. Nicht, daß ich auf dreizehntausend hoffe, das nicht. Zehntausend reichen mir auch, völlig, man soll nicht zu gierig sein. Sogar fünftausend sind 'ne Menge mehr als 'n Taschengeld. Nicht auszudenken, und doch, da steht's plötzlich in der Zeitung – Samson, der Champion Agbers, hat fünftausend gewonnen...

KOTONU Ich glaube, ich steh wieder auf 'nem Penny.

SAMSON *rennt zu ihm* Was hab ich gesagt? Ich hätt stundenlang drauf stehn können und hätt's nicht gemerkt. *Hebt die Münze auf* Und es ist wirklich 'n Penny. Und genau das meine ich. Hätt ja schließlich auch 'n Schilling sein können, aber nein, seine Füße haben ihm verraten, daß es ein Penny ist. Mit Gefühl in den Füßen... genau so muß man auch aufs Gaspedal treten.

KOTONU Glauben Sie, daß Murano was passiert ist?

PROFESSOR Was kann Murano zustoßen? Ein Schatten im Tal der Schatten! Hast du keine anderen Sorgen?

SAMSON *macht sich nach einer kurzen Pause des Schweigens wieder an den Professor heran* Professor.

PROFESSOR Äh... Ja...

SAMSON Darf ich Sie was fragen? Was Persönliches?

PROFESSOR Warum nicht? Sogar Gott unterwirft sich allwöchentlich einer Befragung.

SAMSON Vielen Dank, Sir, danke schön. Ich frage bloß aus persönlichem Interesse. Seien Sie nicht beleidigt, Sir, weil ich's nämlich wirklich gern wissen möchte. Ich meine,... ob es wahr ist... Das heißt, was ich gern wissen möchte ist, ob Sie...

PROFESSOR Kurzum, du möchtest wissen, ob ich wirklich verrückt bin, wie die Leute sagen.

SAMSON Nein, Sir, bestimmt nicht. Was ich wissen wollte ist... Nun, Sie haben doch in der Kirche drüben auf Englisch aus der Bibel vorgelesen, und uns hat 's allen prächtig gefallen, wie Sie das gemacht haben. Tatsache ist, daß Sie viele von uns angeregt haben, Privatstunden zu nehmen, das will ich ruhig sagen. Ich war auf der Mauer und Kotonu auch, damals, als sie zusammengekracht ist. Aber was mir immer durch den Kopf gegangen ist, ist das... Ich meine, weil ich es nicht leiden kann, wenn die Leute – ich möchte hier keine Namen nennen – also, wenn sie gemeine Bemerkungen drüber machen. Was ich also immer gern wissen wollte: Haben Sie 'ne Quelle, ein privates Einkommen? Was ich meine, Professor, ist, was ist tatsächlich mit diesem... Sie wissen schon... an dieser Geschichte mit dem Kirchengeld dran?

PROFESSOR Sünde und Belohnung, Belohnung und Sünde –

Bricht abrupt ab, dreht sich zur Kirche um Wenn du durch das versiegelte Kirchenfenster sehen könntest, würdest du das Lesepult sehen mit dem in Bronze eingegrabenen WORT. Ich habe hinter den Bronzeflügeln des Adlers gestanden; auf den ausgebreiteten Flügeln des Adlers ruht das WORT – oh, welche Blasphemie ist das alles, aber ich wußte es nicht. Ja, ich stand damals auf der anderen Seite dieses Kirchenfensters – da war es stets offen, nicht verbarrikadiert und verriegelt wie jetzt – verriegelt aus Furcht...
Samson guckt verwundert, reibt sich die Augen.
Durch das Fenster fiel mein Blick direkt auf diesen Fleck hier. In meiner Jugend, laß dir sagen, in meiner Jugend zogen wir aus und führten einen heiligen Krieg gegen jedes Übel und Ärgernis wie das hier. Wir rissen jede Schnapsschenke ein, brannten sie nieder und trieben die Vergifter des Menschengehirns aus.

SAMSON *lebhaft* Und die haben nicht zurückgeschlagen? Na, wenn Sie das hier versuchen, könnten Sie was erleben.

PROFESSOR Oh, das WORT ist ein schreckliches Feuer, und wir brannten sie runter. Nur war es nicht das WORT, verstehst du, o nein, das war es nicht. Und für jede Bude, die fiel, wuchsen zehn andere aus der Erde, bis sie so frech wurden, daß sie sogar hier eine errichteten und ihr Gelächter die Orgel übertönte. Jeden Abend, bis mir eines Tages auffiel, ja, bis mir eines Tages auffiel, daß ich überhaupt nicht wußte, was jenseits von diesem Kirchenfenster wirklich lag. Und eines Abends stürzte dann die Mauer zusammen. Ich hörte die Kinder lachen, und die Mauer stürzte zusammen in wüstem Durcheinander aus Staub und Fleisch, Fleisch und Staub. Und ich verließ das WORT, das in dem bunten Licht der heiligen Fenster hing... *Beinahe demütig* Wie du siehst, habe ich gewisse Veränderungen vorgenommen. Diese Ecke dort war vorher nicht. Ich habe die Wände gesäubert, elektrisches Licht gelegt. Rote Neonleuchten. Es kann wohl sein, daß die Kirchentruhen ziemlich entleert zurückblieben..., aber ich entsinne mich kaum daran. Hast du etwas gehört?

SAMSON Nein, aber nein...

PROFESSOR Wie dein Freund, wollte ich mich ins Geschäftsleben zurückziehen. Meine Pension hätte ausgereicht, da sie mir aber wegen Blasphemie den Laufpaß gaben, bekam ich keine. Ich habe vergessen, wieviel es war, man kann nicht alle Einzelheiten im Kopf behalten, zu schwierig. Weißt du, daß das hier das einzige Rasthaus ist, von dem aus man den Altar sehen kann? Aber die Angelegenheit mit den Kirchengeldern verwirrt mich noch immer.

SAMSON Nun, Sie müssen ein robustes Gewissen haben, Professor, sonst wären Sie längst auf und davon.

PROFESSOR Auf und davon? Aber ich muß doch in der Nähe des Adlers bleiben! Denn sein ehernes Bild trägt doch auf dem Rücken die erste Andeutung des WORTES. Nichtsdestotrotz haben sie mich aus der Gnade verjagt. Und von allen Fenstern der Kirche halten sie nur dieses eine geschlossen. *Vertraulich* Denn sie wissen, daß ich immer beobachte, verstehst du, beobachte und warte – warte auf den Augenblick ihrer Nachlässigkeit. Aus diesem Grunde wachen sie eifersüchtig über dem WORT.

SAMSON *blickt hinüber* Aber Professor, alle Fenster sind offen, alle. Sogar die oben im Turm.

PROFESSOR *droht warnend mit dem Finger* Gib acht, gib acht! Sie werfen einen starken Zauberschleier über menschliche Augen.

SAMSON Nicht doch. Meine Augen sind völlig in Ordnung. Das Fenster steht weit offen. Ich war doch heute vormittag hier, als der Organist es aufgemacht hat, ehe er mit seiner Überei angefangen hat.

PROFESSOR Hast du deine Seele um Geld verkauft? Du lügst wie ein Prophet.

SAMSON Aber es ist die Wahrheit, Professor.

PROFESSOR Wahrheit? Wahrheit? Wahrheit, mein Freund, ist nicht der Schaum auf dem Wein, sondern die Hefe.

SAMSON Na schön, na schön, wie Sie meinen, ganz wie Sie meinen. *Blickt auch weiterhin ab und zu zu den Kirchenfenstern hinüber*

PROFESSOR Sage mir, wenn du etwas hörst... in der Kirchengeldangelegenheit.

SAMSON An Ihrer Stelle würde ich mir keine Gedanken mehr darüber machen. Sie hätten längst was unternommen, wenn sie gewollt hätten.

PROFESSOR Der Staub im Glockenstuhl kommt nie ganz zur Ruhe, niemals. Er wartet nur auf das nächste Läuten der Glocken. Komm näher heran... noch näher...

Samson gehorcht sichtlich widerstrebend. Der Professor zieht seinen Kopf herab und flüstert ihm durchdringend ins Ohr.

Sei wie eine Fledermaus. Lausche an der Sakristeitür. Wenn ich das hier verliere, ist alles verloren. Ich muß hören, was sie vorhaben, wissen, was sie tun, sehen, was am Altar und auf der Kanzel vorgeht. Und du gibst mit mir Obacht... Paßt auf, daß ohne meine Erlaubnis keine Veränderungen vorgenommen werden.

SAMSON *versucht sich aus dem Griff des Professors zu befreien* Ja, Sir, ja, Sir...

PROFESSOR Geh mit ihnen das Seitenschiff hinauf und hinein in den Altarraum. Laß dich von ihren Soutanen nicht abschrecken, der Adler ist auf meiner Seite. Wir werden kämpfen, aber erst müssen wir das WORT finden...

SAMSON Gewiß, Sir, selbstverständlich, Professor.

PROFESSOR Denn einst wird kommen der Tag, o ja, er wird kommen. Sogar Buße verdorrt vor dem WORT...

Samson reißt sich in verzweifelter Anstrengung los. Er flieht in den Hintergrund der Bühne, nur um von der krachend herunterfallenden Ladeklappe empfangen zu werden. Im Augenblick des Krachens wechselt das Licht. Nur der Ladenbereich bleibt erleuchtet. Über die Ladeklappe rutscht grotesk die ganzfigurige Maske. Gleich darauf taucht Kotonu aus dem Wirrwarr von alten Autoteilen, Kleidern und vielem anderen Trödel auf. Gleichzeitig fül-

len die Maskendiener auf der Suche nach ihrem Maskenträger die Szene. Kotonu bleibt wie gelähmt stehen, doch Samson hebt hastig die Klappe an und schiebt die Maske dahinter. Es ist ein Fahrerfest, alle sind mit Peitschen und dicken Stöcken ausgerüstet. Zwei schleppen einen Pfahl, an dem ein Hund festgebunden ist, und schwenken Macheten. Unter ständigem Gesang – ständiger Wechsel von Vorsänger und Chor – schlagen sie mit den Stöcken in jede Richtung. Hin und wieder unterbrechen sie den Gesang kurz, um sich gegenseitig zu peitschen. Danach verfolgen sie sich wieder, wobei einer auf den anderen einschlägt.

SAMSON *sobald sie verschwunden sind* Hilf mir, die Maske raufzuheben.

KOTONU Du hast es selber gesehn. Nichts hätte ihn retten können.

SAMSON Los, komm.

KOTONU Alles nur deine Schuld. Du hast gesagt, daß wir hierhergehen sollen.

SAMSON Darum geht's nicht. Verstecken wir ihn, ehe die anderen zurückkommen.

KOTONU Aber ich konnte nichts dafür. Nichts hätte ihn retten können.

SAMSON Um Himmels willen, Mann, hilf mir, heb ihn mit rauf.

KOTONU Du weißt, daß meine Reflexe gut sind, Samson, aber so wie er über die Straße rannte...

SAMSON Sie kommen gleich zurück.

KOTONU Aber wovor ist er weggerannt? War fast so, als wollte er sterben. Wie diese Hunde, die einem absichtlich vor die Räder rennen.

SAMSON Ich bin nicht von der Polizei, Kotonu. Und diese Leute auch nicht. Sie reden mit Macheten. Quer über die Kehle – Macheten!

KOTONU Hast du mich hergeschleppt, damit ich sie umbringe? Du hast es gesehen – ich meine, wie er über die Straße rannte. Sag mir bloß eins: War ich dazu bestimmt?

SAMSON *schafft die Maske in den Wagenladen und schließt die Klappe* Jetzt rein mit dir, los. Und laß den Motor an!

KOTONU Ist wahrscheinlich blockiert.

SAMSON Was soll das Gefasel? Bist du verrückt geworden? Du hast es ja noch gar nicht probiert, Mann.

KOTONU Aber ich konnte doch gar nichts dafür.

SAMSON *späht hinaus* Sie kommen wieder, Kotonu, zum letzten Mal: Laß den Motor an!

KOTONU Laß mich bloß unter die Maske blicken.

SAMSON Bist du verrückt geworden? Sowieso zu spät, sie nehmen die ganze Straßenbreite ein. Aber hau wenigstens ab. Los, haun wir ab.

KOTONU Aber wer ist es? Warum rannte er rüber?

SAMSON Du bist ein hoffnungsloser Fall. *Zieht schnell die Zeltbahn herunter* Aber verrate uns wenigstens nicht. Tu so, als ob wir zum Fest gehören. Droht Gefahr, muß sich einer von uns die Maske überstülpen. Verstanden?

Kotonu nickt blöde. Das Maskengefolge kommt von neuem herein, vollführt den Peitschentanz, springt wieder vor und zurück und sucht nach dem vermißten Gott. Einer stürzt plötzlich auf den Wagen zu und hebt die Zeltplane hoch. Samson entreißt dem ihm zunächst Stehenden die Peitsche und schlägt ihm über die Beine. Der Mann nimmt die Herausforderung bereitwillig an. Ein Schlagwechsel folgt.

Samson den Lärm überbrüllend Jetzt, Kotonu, jetzt!

Kotonu zaudert. Man sieht ihm die Furcht an.

Kotonu! Stülp dir die Maske über. Es ist die einzige Möglichkeit.

Kotonu fährt auf, als wäre er plötzlich erwacht, und klettert in den Wagen. Der Peitschentanz wird schnell und wild. Samson schiebt sich nach und nach näher an die Ladeklappe heran.

Mach schnell, Kotonu! Um Himmels willen, mach schnell!

Die Menge drückt plötzlich heftig gegen die Plane, und Samson rennt voller Furcht ebenfalls zum Wagenladen. Fast im gleichen Moment taucht, mit den Armen rudernd, Kotonu in der Maske auf, eine sich qualvoll verrenkende

Gestalt. Die Tänzer stoßen einen lauten Schrei aus. Ihr Gesang und das Auspeitschen steigern sich, angefeuert durch die scheinbare Besessenheit des Gottes.

KOTONU *reißt wie wahnsinnig an dem Kleid der Maske* Oh, oh... ganz naß innen, ganz naß. Sein Blut klebt an mir, sein ganzes Blut.

Die Maskendiener tanzen, sich gegenseitig peitschend, um die Maske herum, wobei sie der Raserei der Maske genügend Spielraum lassen.

Mir ist ganz dunkel vor Augen, Samson. Ich seh überhaupt nichts mehr. Sein Blut verklebt mir die Augen. Ich kann überhaupt nicht mehr sehn, Samson.

Wild vor Unsicherheit peitscht Samson einen Maskendiener und wird von ihm gepeitscht.

Samson, wo bist du? Meine Augen sind völlig verklebt, hörst du, Samson? Samson! Samson!

Sein Kampf mit der Tracht der Maske steigert sich zu wirklicher Raserei, seine Bewegungen sind hektisch und ungezügelt. Dann ebbt die Hektik ab, und die Zuckungen werden allmählich langsamer und schwächer, bis er zuletzt zusammensackt und regungslos liegen bleibt. Die Tänzer peitschen sich gegenseitig von der Szene. Langsames Black-out und eine Pause von einer halben Minute. Alle befinden sich wieder im Normalzustand. Particulars Joe tritt auf.

PARTICULARS JOE Ist er hierhergekommen?

SAMSON *wendet sich unverhohlen gelangweilt ab* Nein, er ist in die andre Richtung gegangen.

PARTICULARS JOE Weißt du das genau?

SAMSON Was soll ich genau wissen?

PARTICULARS JOE Daß er in die andre Richtung gegangen ist. Ich hätte geschworen, daß ich gesehen hab, wie er hier reingegangen ist.

SAMSON Hier ist niemand reingekommen, niemand.

PARTICULARS JOE Weißt du auch wirklich, wen ich meine? Ziemlich groß, nein, doch eher ein bißchen klein. Stammeskennzeichen, aber ein bißchen verblaßt... Tatsache ist, wenn man nicht ganz genau hinsieht, kann man meinen, er hat überhaupt keine. Ziemlich hell. Aber hier drin ist es ein bißchen dunkel. Da kann man ihn womöglich für 'nen dunkelhäutigen Burschen halten. Er hat eine weite agbada getragen, aber vielleicht hat er sie ausgezogen, als ich hinter ihm her war.

SAMSON Hinter wem sind Sie denn heute her?

PARTICULARS JOE *kommt weiter in die Hütte* Na, die übliche Geschichte. Ein Chauffeur – Fahrerflucht.

KOTONU Ist das Opfer tot?

PARTICULARS JOE Hatte keine Zeit, es festzustellen.

KOTONU Sie waren so darauf aus, ihn zu fassen, daß Sie den Körper einfach liegengelassen haben?

PARTICULARS JOE Nein, um den hat sich der Verdächtige gekümmert. War 'ne Ziege, die er überfahren hat, verstehst du.

SAMSON Ho, ho, ho. Sie haben aber wirklich Überraschungen auf Lager. Dann ist's heute also 'ne Ziege.

KOTONU Und Sie sind hinter dem Mann her, weil er 'ne Ziege überfahren hat?

PARTICULARS JOE Na, versteh doch..., er stoppte –

SAMSON Sie haben eben erst gesagt, daß er nicht gestoppt hat.

PARTICULARS JOE Oh, er hat auch nicht gestoppt. Das heißt, er hat doch angehalten, versteht ihr. Er hat angehalten, die Ziege aufgeladen und ist mit ihr abgehaun. Stellt euch das vor! Nächstens haun sie noch mit den Leichen ab. Schließlich hat die Leichenhalle Anspruch darauf. *Er sieht Kotonu an.* Du weißt nichts davon, rein gar nichts, wie?

PROFESSOR *nach einer nervösen Pause des Schweigens und ohne von seiner Arbeit hochzuschauen* Warum setzen Sie sich nicht ein bißchen, Officer. Sie müssen doch müde sein von dem ganzen Umherrennen und Suchen. Murano muß auch gleich kommen. *Er blickt zum Kirchenfenster.* Sie werden gleich erleuchtet sein. *Zieht die Uhr heraus* Der Organist wäscht gerade sein schmutziges Gesicht mit kaltem Wasser. Der Priester macht seinen geborgten Kragenknopf fest. Und die Kommunikanten prügeln ihre Ehemänner.

PARTICULARS JOE Ja, eigentlich müßte ich hinter diesem Verdächtigen her sein...

PROFESSOR Später, später, er rennt Ihnen nicht weg. Setzen Sie sich einen Augenblick.

PARTICULARS JOE Sehr freundlich von Ihnen, wirklich, sehr freundlich. Ein bißchen Ausruhen, ja, könnt ich schon brauchen, um die Wahrheit zu sagen.

SAMSON Liebe Güte! Dieses ganze Getue. Dabei weiß er ganz genau, warum er gekommen ist. Als ob er seine Verdächtigen nicht immer gerade zu dieser Tageszeit hier sucht!

PROFESSOR Duldsamkeit, mein Freund. Duldsamkeit. Es wird bestimmt für jeden reichen. Es ist genau da, um allen Vergessen zu schenken – und Vergessen sucht ihr doch alle auf eure nutzlose Art.

SAMSON Nun, die andern... das ist mir egal. Aber der... He, eine Sekunde mal!

Particulars Joe hat, als er sich hinsetzen will, in einer Dielenritze ein Geldstück entdeckt und ist gerade dabei, es in seiner Tasche verschwinden zu lassen.

Das gehört mir!

PARTICULARS JOE *gelassen* So... In Ordnung. Irrtum meinerseits. Hab Geld für mich schon an viel unwahrscheinlicheren Stellen gefunden, das kannst du mir glauben.

SAMSON Na, ehe Sie Gebühren kassieren, können Sie mindestens warten, bis ich wieder auf der Straße bin.

Particulars Joe verschränkt die Arme und wartet.

PROFESSOR Wie steht es mit der Verbrecherwelt, mein Freund?

PARTICULARS JOE Jeden Tag einträglicher, Professor.

PROFESSOR Aber nicht für die Verbrecher, nehme ich an?

PARTICULARS JOE O nein, Sir. Das würde sie bloß korrumpieren.

Kurzes Schweigen. Samson ist in die Ecke gegangen, um zu sehen, was die Spinne macht. Er berührt das Netz leicht mit einem Stock.

In letzter Zeit hab ich Ihre Handschrift gar nicht mehr auf der Straße gesehen, Professor.

PROFESSOR Ich werde langsamer. Ich kann mich nicht mehr so oft ablenken lassen. Ich brauche alle meine Kräfte, um das WORT zu enthüllen. Fälschungen kosten mich zuviel Kraft.

PARTICULARS JOE Lassen Sie uns wissen, wenn Sie sich zurückziehen. Es wird uns vieles erleichtern. Ihre Sachen kosten uns mehr Zeit als die normalen Fälschungen. Würde uns leid tun, einen Fehler zu machen.

PROFESSOR Mir auch. Und doch ist es vielleicht gar keine so schlechte Idee.

PARTICULARS JOE Entschuldigung, Sir, ich –

PROFESSOR Ich denke schon lange darüber nach. Zu viele Leute suchen meine Hilfe, zu viele. Sie verlassen sich auf mich, und ich lasse sie nicht gern im Stich. Dieser Wurm da drüben zum Beispiel wartet auf ein Dokument. Die beiden anderen armen Teufel sind meine Klienten. Die Sorgen und Kümmernisse anderer Leute zehren meine Energie auf, und heutzutage ist es nicht so einfach taub zu sein. Eine kurze Zeit im Gefängnis hilft mir womöglich. Dort kann ich vielleicht meine verstreuten Kräfte wieder sammeln.

PARTICULARS JOE Da würden Sie aber ganz schön enttäuscht sein, Professor. Im Gefängnis finden Sie bestimmt keine Ruhe und Einsamkeit – ein Gefängnis ist der unruhigste Ort der Welt.

PROFESSOR Ich würde Schwierigkeiten über Schwierigkeiten machen. Dann stecken mich die Aufseher in eine Einzelzelle – als Bestrafung.

PARTICULARS JOE Das Essen dort ist fürchterlich.

PROFESSOR Einfach Wasser und Brot. Mehr will ich gar nicht – bloß einfach Wasser und Brot.

PARTICULARS JOE Nun, ja... ja..., vielleicht kommt's hin. Wenn man's so nimmt, kommt's vielleicht hin.

PROFESSOR Bestimmt. Ganz bestimmt.

PARTICULARS JOE *stockend* Professor... ich... eh... ich

meine, ich hab's gar nicht gern, wenn's so aussieht, als ob ich bloß an mich denke... Aber schließlich sind Sie ein Mann von Welt, Sir, und verstehn hoffentlich meine Lage. Ich meine, Professor, ich bin immer, das müssen Sie zugeben, nicht wahr, ich meine... Ich bin immer sehr kooperativ und loyal gewesen... und –

PROFESSOR Keine Angst, Officer, keine Angst. Ich verspreche Ihnen, daß kein anderer den Ruhm einheimsen soll, mich zu verhaften.

PARTICULARS JOE *deutlich erleichtert* Danke, Sir, vielen Dank, Professor. Das ist was, das ist schon 'ne Aussicht, wirklich.

Samson spuckt aus und dreht ihm den Rücken zu.

PROFESSOR *zu Samson* Christliche Nächstenliebe, mein Freund. Christliche Nächstenliebe! *Zu Particulars Joe* Ich sage Ihnen Bescheid, wenn es soweit ist. Wenn ein Mensch sich zurückzieht, muß er wissen wohin. Ich denke an tiefe Betrachtungen in tiefer Einsamkeit.

SALUBI *springt plötzlich auf* Murano!

PROFESSOR Setz dich hin, du Narr. Murano kommt auf leisen Sohlen.

SAY TOKYO KID *kommt herein und sieht sich leicht beunruhigt um* Komme ich zu spät?

SALUBI Say Tokyo! Say Tokyo Kid!

SAY TOKYO KID Salubi Salubirity! Na, Mann, da wärn wir ja mal wieder alle in der guten alten Bude. Was macht's Geschäft, Junge?

SALUBI Say Tokyo Charrannooga Schuhputzer!

SAY TOKYO KID Hier bin ich. Und okay, Junge, schwer okay. *Er bemerkt den Polizisten und zieht sich ein paar Schritte zurück. Tut so, als ob er einen Revolver aus dem Gürtel zieht.* Was sucht der Kerl hier!

SAMSON Say Tokyo!

SAY TOKYO KID Ja, Jungs, schön, mal wieder zwischen freundlichen Gesichtern zu sein, wirklich schön. Der gute alte Samson, Champion aller Schlepper! Und Kotonu, der Teufelsfahrer, von Küste zu Küste, von Dakar nach

Yola Koton, von Kafiri nach Kontagora. Immer sicher ... immer pünktlich ... Heute hier, morgen dort. Wie läuft's Geschäft, Junge?

SAMSON Läuft, läuft ... wie geschmiert, ja auf gut geölten Rädern, dem Himmel sei Dank.

SAY TOKYO KID *mustert seine Leute mit langem verächtlichem Blick, worauf sie sich in die entfernteste Ecke zurückziehen* Sieh sie dir an! Ich hätt geschlachtet und in tausend Stücke zerhackt werden können, ohne daß die überhaupt gewußt hätten, was mit mir passiert ist. Ehrlich, Samson, haben sie nicht schon 'n Klagelied für Say Tokyo Kid angestimmt? Bestimmt doch, sähe ihnen jedenfalls ähnlich.

SAMSON Was ist denn passiert, Tokyo? Es hat ... na, es hat ausgesehn, als ob ihr in der Minderzahl gewesen seid!

GANGSTER Minderzahl, ... wir sind gar nicht erst bis zum Kampfplatz gekommen. Die Straße hat uns 'nen Streich gespielt. Ein Baum lag quer über der Straße, und unser Fahrer hat ihn nicht rechtzeitig gesehn.

SAY TOKYO KID Na klar. Und keiner von euch hat sich drum gekümmert, was aus eurem Capt'n geworden ist?

GANGSTER Wir haben uns umgesehn. Du warst einfach verschwunden.

SAY TOKYO KID Verschwunden! Glaubt ihr, ein Mensch verschwindet mir nichts dir nichts mitten auf der Straße? Schließlich ist's nicht überm Fluß passiert, nicht auf 'ner Brücke, also könnt ihr kaum geglaubt haben, daß ich fortgespült worden bin.

GANGSTER Aber, Say Tokyo, du warst doch einfach verschwunden.

SAY TOKYO KID Weil ich gleich die Mörder verfolgt hab, ihr verdammten Feiglinge. Oder meint ihr vielleicht, der Baum ist von allein über die Straße gefallen? Der ist doch über die Straße gestürzt worden. Ich saß vorn, daher hab ich die Bande noch gesehn, grade als wir um die Kurve kamen und in den Stamm krachten.

GANGSTER Wir warn einfach nicht in der Lage, jemand zu verfolgen.

SAY TOKYO KID Warn sie vielleicht in der Lage, mit uns fertig zu werden? Sie dachten, wir sind tot, als sich unser Wagen überschlug. Mann, die haben den Schwanz eingezogen und sind gerannt, was die Beine nur hergaben. Und ihr habt euch selber so leid getan, daß ihr euch nicht mal die Mühe gemacht habt nachzusehn, was aus mir geworden ist. Ich hätt im Wald geschlachtet und in tausend Stücke gehackt werden können, und keiner hätt auch nur noch dran gedacht, daß ich je existiert hab.

GANGSTER Na, wir wußten's doch nicht.

SAY TOKYO KID Guter Gott, kennt ihr denn euren Capt'n nicht? Glaubt ihr wirklich, er verschwindet einfach so auf der Straße?

SALUBI Say Tokyo Kid!

SAY TOKYO KID Ja, der bin ich. Du weißt ja, ich fahr Holz, nichts außer Holz. Seid ihr wirklich so von Gott verlassen, daß ihr glaubt, ein Baumstamm, der quer über der Straße liegt, macht mich fertig?

PARTICULARS JOE *der sich die ganze Zeit über Notizen gemacht hat* Ist dieser Unfall gemeldet worden? Oder irgendein andrer Unfall? Hat irgend jemand eine Erklärung abzugeben? Ihr kennt die Vorschriften.

SAY TOKYO KID Das ist nicht meine Sache.

PARTICULARS JOE Particulars... Einzelheiten, gib mir 'n paar Einzelheiten.

SAY TOKYO KID Wenn Sie Einzelheiten wissen wollen, gehn Sie doch in den Wald und stochern Sie im umgestürzten Wagen rum. Ich hab ihn nicht gefahren.

PARTICULARS JOE Keine Verletzten – wenn ich recht verstehe?

SAY TOKYO KID Gibt vielleicht einen, wenn Sie mit der blöden Fragerei nicht aufhören.

PARTICULARS JOE *geht auf den Professor zu* Sir, wenn ich ein wenig von Ihrer kostbaren Versammlungszeit in Anspruch nehmen darf..., weil doch unser geschätzter Murano noch nicht da ist...

PROFESSOR Wofür, Officer?

PARTICULARS JOE Für eine Untersuchung, Sir. Nicht gemeldeter Unfall... Verdacht eines Verbrechens... Und Mitschuld vor und nach dem Vorfall.

PROFESSOR *ehe er sich wieder seiner Arbeit zuwendet, ausgesprochen sanft* Seien Sie bloß vorsichtig.

PARTICULARS JOE *salutiert forsch* Sehr freundlich von Ihnen, Sir. Selbstverständlich wissen wir Ihr Entgegenkommen zu würdigen und werden es gegebenenfalls erwidern. *Schnellt zu Kotonu herum. In dramatischer Vernehmungspose* Wo bist du am Tage des Fahrerfestes gewesen? Ich meine, als die Feier für Ogun-den-Hundeesser stattfand. Wo?

KOTONU Wo?

PARTICULARS JOE Antworte mir – wo? Und ich mach dich drauf aufmerksam, daß alles, was du sagst oder tust als Beweis genommen und benutzt wird und so weiter und so fort. Klar? Los, rede, wo warst du?

SAMSON Was das betrifft: Wo waren Sie selber?

PARTICULARS JOE Ich mach mir nichts aus Hunden.

SAY TOKYO KID Ein Spion! Hab mir schon immer gedacht: Trau diesem Kerl nicht!

PARTICULARS JOE Ich führ 'ne Untersuchung durch. Amtlich! Da kommt Pflicht vor Freundschaft. Also, wo warst du, als die Fahrer ihr Fest feierten? Gib Rechenschaft darüber.

PROFESSOR *ohne hochzuschauen* War das der Tag des Wunders, Officer?

PARTICULARS JOE Es war der Tag, an dem ein Gott entführt worden ist, Professor.

PROFESSOR Entführt?

SAY TOKYO KID *aufstehend* Die Frau von meinem Bruder war da.

PARTICULARS JOE Augenzeugen, hab ich gesagt, nur Augenzeugen. Kein Weiberklatsch und Weibertratsch oder so was.

DIE GANGSTER Gültig, gültig...
Er ist Augenzeuge...

Ich hab ihn dort gesehn...
Die Frau seines Bruders ist als Zeuge anzuerkennen...
Ihr Polizisten seid alle gleich...
Schmiergelder nehmen ist alles, was ihr könnt...

SAY TOKYO KID Hören Sie mal, Officer, wolln Sie vielleicht meine Familie beleidigen?

PARTICULARS JOE Na gut, na gut – du bist also ein Augenzeuge. Dann schieß mal los.

Nicken und beifälliges Gemurmel der Gangster

SAY TOKYO KID Es war schließlich unser Fest, oder? Also geht's Sie gar nichts an, schätz ich, was mit unserem Ehrengast geschehn ist.

Beifallsrufe

Soweit wir's mitgekriegt haben, erschien Ogun leibhaftig vor unsren eignen Augen.

GANGSTER Wir haben es gesehn, wir haben es alle gesehn.

SAY TOKYO KID Vor unsren eignen Augen... Und plötzlich verschwand er dann. Ja, plötzlich war er verschwunden. Da gibt's nichts weiter zu sagen. Und damit können Sie auch Ihr Notizbuch da zuklappen und – ganz plötzlich verschwinden!

Lang anhaltende Beifallsrufe

PARTICULARS JOE Na, das reicht vielleicht für euch aus, aber deshalb reicht's noch lange nicht für...

KOTONU Wenn ich was sagen darf...

DIE GANGSTER Halt's Maul...
Der Fall ist abgeschlossen...
Zur Hölle mit allen Polizisten...
Ogun schlage ihnen den Schädel ein...

KOTONU *tritt an den Professor heran* Professor, ich hab nicht mal sein Gesicht gesehn...

Particulars Joe folgt ihm auf den Fersen, hält das Notizbuch bereit. Der Professor schenkt dem allen keine Aufmerksamkeit.

Wir sind die ganze Nacht gefahren. Wir wagten nicht, die kleinste Pause zu machen, Professor. Die Opfermesser dieser Leute zielten schon auf unsre Rücken... Wir haben den Wagen hier draußen geparkt, ja, mit dem toten Mann drin. Dann haben wir auf Sie gewartet, Professor, wir wußten nicht, was wir machen sollten. Ja, ... und morgens war der Körper verschwunden.

PARTICULARS JOE *kritzelt wild* Was für 'n Körper? Was für 'n Körper?

KOTONU Bloß die Maske war noch da, Professor. Der Körper war verschwunden.

PARTICULARS JOE Greifbarer Beweis, diese Maske. Wo ist sie?

Die Bande singt, um die Stimmen der Sprechenden zu übertönen. Alles läuft jetzt schnell ab.

SAMSON *so laut er nur kann* Wo zum Teufel ist dieser Murano?

PARTICULARS JOE Ich bitte, alles durchsuchen zu dürfen, Professor. So ein Entgegenkommen wird natürlich sobald wie möglich erwidert.

Der Professor gibt durch eine Handbewegung sein Einverständnis. Particulars Joe wendet sich um und will in den Wagenladen.

SAMSON Das ist Privatbesitz! *Versucht ihm den Weg zu verstellen*

PARTICULARS JOE Im Namen des Gesetzes!

Er langt in den Wagenladen und tastet nach der Maske. Say Tokyo Kid zieht ihm die Mütze über das Gesicht, und Samson ersetzt die Maske rasch durch eine Militäruniform, die der Polizist in die Hand bekommt. Die Maske ist inzwischen herausgezogen worden. Einer wirft sie dem anderen zu. Der letzte versteckt sie unter dem Stuhl des Professors. Particulars Joe hält triumphierend die Uniform fest.

Konkrete Bestätigung eines greifbaren Beweises! *Als er endlich die Augen wieder freibekommt* Aber – was ist denn das?

SAMSON *die Hände vor der Brust, schmerzlich* Armer Sergeant Burma!

GANGSTER *mit ähnlicher Förmlichkeit* Armer Sergeant Burma!

Samson nimmt die Uniform, zieht sie an.

PARTICULARS JOE Wahrhaftig, Sergeant Burmas Uniform. Würde ich überall wiedererkennen.

SAY TOKYO KID Sie haben Sergeant Burma gekannt?

PARTICULARS JOE Gekannt? Wir waren zusammen im Krieg. Lebenslange Freunde, Burma und ich. Hab ihm gesagt, er soll zur Polizei kommen, aber nein, er hat sein widerliches Transportwesen vorgezogen.

SAMSON Nur Idioten fahren Öltankwagen. Schwerfällige Ungeheuer, nichts andres.

PARTICULARS JOE *an Erinnerungen verloren, gefühlsbetont* Er liebte sie. Von Oloibiri nach Lagos, von Port Harcourt nach Kano. Was sagte er immer? Gott segne die Ölgesellschaften, daß sie meinen Genius geweckt haben. Er fuhr seinen Tankwagen wie einen Tank-Panzer, meine ich. Er war aber auch selber so massig wie sein Wagen.

SAMSON Bis ihn der Tankwagen umbrachte.

PARTICULARS JOE Paßt irgendwie zu ihm, sein Ende. Er verbrannte auf einem Scheiterhaufen, der sogar Sango zur Ehre gereicht hätte. Was für ein Riesenkerl. Mußte im Fahrerhaus immer gebückt sitzen.

SAMSON Und die Stimme! Wie die Trillerpfeife von so ’nem Schiedsrichter... *Er spielt Sergeant Burma.* Das ist ein Ungeheuer, was? Aber die Karre hier ist noch gar nichts. Ich hab größere Öltanker gefahren, viel größere, damals beim Burma-Feldzug. Ich hab Versorgungslaster gefahren. Das Steuerrad von dem hier dreh ich mit einer Hand. Und winzig ist das nicht gerade. Du willst’s mal versuchen? Meinst du vielleicht, jeder Hinz und Kunz kann so ’nen Tanker fahren? Lieber Freund, ich hab lange Erfahrung im Fahren von diesen Kisten. Bin ein Veteran sozusagen.

PARTICULARS JOE Die Uniform da, die hat er jedesmal zum Heldengedenktag angehabt, drüben in der Kirche, ja. Und ich trug meine, mit dem Band für lange Dienstjahre.

Geradezu friedvoll, in ’nem Krieg zu kämpfen, den man nicht versteht, und Menschen zu töten, ohne daß sie dir deine Frau verführt oder dein Wasser vergiftet haben. Von Sapele nach Burma – das war ’n weiter Weg, um sich zu schlagen.

SAMSON *tut so, als ob er mit dem Jackenärmel die Orden putzt, streckt die Brust heraus und gibt sich betont militärisch* Glaubt ihr, ich hab diese Orden für nichts und wieder nichts gekriegt? Sie wollten mir sogar das King-George-Kreuz geben, aber ihr wißt ja, wie’s mit ’nem Schwarzen geht. Mein Major wollte, daß ich’s kriege, aber da haben sie gesagt, wieso so ’n Schwarzer so was Hohes kriegen soll. Und ’n andres Mal hat der General selber ’n Telegramm geschickt. Verleiht ihm das Victoria-Kreuz. Gebt es ihm, egal ob Schwarzer oder nicht – gebt’s ihm. Sie wollten’s mir auch geben, aber als der Gouverneur zu Haus gehört hat, was sie vorhaben, hat er zurücktelegraphiert. Und wißt ihr was? Daß ich, wenn ich mit so ’nem hohen Orden ins Land komme, bestimmt ’n politischer Agitator werde. Na, in der Welt der Weißen gibt es eben keine Gerechtigkeit.

PARTICULARS JOE Sergeant Burma hat vier Jahre Front und ein Jahr Kriegsgefangenschaft überlebt...

SAMSON Mich haben sie während der Gefangenschaft so geschlagen, daß mein Hintern geschwollen war wie so ’n Zeppelin. Wenn man mit ’ner Nadel reingepiekt hätt, puuh, wär er explodiert.

PARTICULARS JOE Am Heldengedenktag waren alle hohen Tiere da, und unser Professor hier hat mit seiner klangvollen Stimme ’ne Bibelstelle vorgelesen. Der Bischof hat ’ne zu Herzen gehende Predigt gehalten, und Sergeant Burma war beim Singen immer fünf Takte hinter der Gemeinde zurück, die drei Takte hinter dem Chor herhinkte, der zwei Takte hinter der Orgel zurück war...

Klänge einer Gedenkhymne. Die vier Gruppen beenden das Lied in der genannten Reihenfolge, eine nach der anderen. Sergeant Burma ist der letzte und hängt ein langge-

zogenes A-a-amen an. In das A-a-amen klingen Particulars Joes Rufe hinein.

He, Burma, Burma, die Gemeinde ist schon lange fertig!

SAMSON *in demselben Falsetton, wobei er Particulars Joe mit dem Ellbogen in die Seite stößt* Hör auf, sag ich. Hör auf. Was schert mich das? Mir doch schnurzegal, ob der Gouverneur und seine Adjutanten schon seit gestern mit der Hymne fertig sind. Haben die vielleicht in Burma gekämpft? Ich dachte, dieser Heldengedenktag ist für unsre Leute, die gefallen sind... Halt du lieber selber dein Maul, verstanden, halt du lieber selber dein Maul. So haben wir 's in der Army gesungen, und wenn's dir nicht gefällt, zieh Leine, verstehst du. Hau ab und sing lieber Lateinisch in 'ner römisch-katholischen Kirche.

PARTICULARS JOE Ja, damals haben die viel von uns hergemacht, Tatsache. Hatte einer in Burma gedient, galt das soviel, als wenn er seine Prüfung an der Universität in London gemacht hat. Ja, und als Sergeant Burma sich vom Fahren zurückziehen wollte, kam's eigentlich genau so, wie's kommen mußte... Na, und dann hat ihm der Professor 'nen Zipfel vom Hafen-der-Fahrer-Geschäft angeboten – den Unfallzipfel...

SAMSON *immer noch als Sergeant Burma* Was denn! Was denn! Denkst du vielleicht, ich muß nicht auch eines Tages sterben? Wenn einer stirbt, ist er tot, und damit basta. Bitte, wenn du'n Autounfall siehst, komm her und sag's mir. Wir verstehn uns auf 'n gutes Geschäft... verkaufen Ersatzteile und gebrauchte Kleidung. Was? Glaubst du vielleicht, ich hab Zeit für Gefühlsduseleien? Ich, der ich soviel Leichen gesehn hab, daß ich Fleisch bloß noch essen kann, wenn's total zerkocht ist? Zieh ab, mein Freund, zieh ab. Geschäft ist Geschäft. Wenn du 'n Unfall siehst, sag's mir, damit ich an Ort und Stelle bin, eh all diese nutzlosen Kreaturen die Autoteile und den andren Trödel klaun.

PARTICULARS JOE Sergeant Burma wollte nicht mehr fahren und sich ganz aufs Ersatzteilgeschäft werfen. Aber bergab versagten die Bremsen und da...

Die Gruppe beginnt zu singen, leise, als ob alle vor sich her summen. Kurze Stille. Auf Samsons Gesicht zeichnet sich in steigendem Maße tödliches Erschrecken ab. Er keucht schwer, als ihm klar wird, was er getan hat.

SAMSON *reißt sich die Uniform herunter* Gott, vergib mir! O Gott, vergib mir! Versteh doch, ich hab bloß herumgeulkt, bloß so getan, als wär ich einer, der längst tot ist... O Gott, ich hab's bloß gespielt, das verstehst du doch hoffentlich. Ich hab's bloß gespielt.

PARTICULARS JOE So ein Feuer... solch ein Feuer. Vom Veteran aus dem Burmafeldzug waren bloß noch 'n paar schwarze Knochen übrig, nichts weiter. Ich bin dann zu seiner Frau gegangen, um ihr's beizubringen. Und wißt ihr, was sie gesagt hat?

SAMSON Nein, nein – nicht... Erzähl was andres, bitte, erzähl was andres.

PARTICULARS JOE Sie sagte: Ich hab ihm immer gesagt, er soll's sein lassen und nicht die Brieftaschen von toten Leuten einsammeln. Und sie wollte herkommen und den Laden in Brand stecken, den ganzen Laden, hat sie gesagt.

PROFESSOR Meinen Laden – meinen Laden in Brand stekken?

PARTICULARS JOE Da hab ich ihr gesagt, die Sachen gehören vielleicht deinem Mann, aber die Idee stammt vom Professor.

PROFESSOR Geistiges Eigentum – das ist wichtiger als das materielle.

SAMSON Wenn sie bloß die ganze Bude hier in Brand gesteckt hätte!

PARTICULARS JOE Sein Geld wollte sie allerdings nicht verbrennen, das nicht. O ja, Sergeant Burma war 'n reicher Mann. Er hat ihnen die Taschen durchsucht, ehe die Polizei oder die Ambulanz kam. Beutemachen war schließlich Sitte an der Front. Man tötete den Gegner und beraubte ihn. Er konnte das einfach nicht lassen.

SAMSON Aber hier ist kein Krieg.

PROFESSOR Lügner. Selbst diese Fetzen – *Schwenkt eine Zeitung* – wissen es besser. Wie ein Schlachtfeld, schreiben sie immer wieder. Wie ein Schlachtfeld.

SAMSON Na gut, am Ende hat's ihn erwischt. Auf die Dauer kommt man eben mit so was nicht durch.

PARTICULARS JOE Wirst du abergläubisch auf deine alten Tage, Samson?

SAMSON *verzweifelt zu Kotonu* Du hättest die Hände davon lassen sollen.

KOTONU Warum? Ist doch viel friedlicher, mit dem Tod Handel zu treiben, als sein Zeuge zu sein.

PARTICULARS JOE *erinnert sich wieder* Hoi, hoi, hoi! Du blutiger Händler in Tod. Wo bist du am Tag des Fahrerfestes gewesen?

SAMSON Sprechen Sie mit dem Professor. Er erledigt alles für uns.

SAY TOKYO KID *höhnisch* Das hat gesessen. Na, worauf warten Sie denn noch? Warum verhörn Sie den Professor nicht?

Sie reizen Particulars Joe, stoßen ihn auf den Professor zu und bilden hinter ihm einen Halbkreis.

PARTICULARS JOE Sir,... weil Ihre Leute nun mal meinen,... und weil ich mir denke, Sir, daß jemand, der doch ziemlich viel auf den Straßen umherwandert und wichtige Vorgänge bemerkt, die dem gewöhnlichen Blick entgehn... Da fragen wir uns, Sir, ob Sie vielleicht zufällig was entdeckt haben, was... eh... der Polizei bei ihren Ermittlungen helfen kann... Sir.

PROFESSOR Darf ein unwissender Mensch fragen, welchem Herrn Sie dienen?

PARTICULARS JOE Demselben wie der andere, Sir, der Straße.

SAMSON *flüsternd* Professor, vergessen Sie nicht, ich hab meine Konsultationsgebühr bezahlt...

PARTICULARS JOE Jede Hilfe, Sir... Ihr Entgegenkommen wird von mir wettgemacht, das sage ich hiermit offiziell zu.

PROFESSOR Es ist wahr, ich bin ein Ährenleser. Ich darf mich durch Wunder nicht beirren und von meiner Straße abbringen lassen. Halte dich an die Luft und die offene Erde. Nässe deine Füße im Morgentau und lese einzelne Worte von der Straße auf. Bleibe dem offenen Auge der Erde nahe, bis der Schatten des allumfassenden WORTES den Ort meines Exils berührt. Aber ich brach meine Gewohnheit. Ich gab der Lockung eines einzelnen Wortes nach, vernachlässigte die geistige Übung, die tägliche Pilgerschaft fordert – die Suche nach Hinterbliebenem. Ich bin von meiner Straße abgewichen und daher rechtens in die Irre gegangen. Das war die Rache des WORTES.
Haltung und Sprechweise ändern sich nach und nach. Ton und Gesten werden entschiedener, nachdrücklicher, eindringlicher. Er wirkt wie jemand, der eine Vorlesung hält. Und alle hören aufmerksam zu, als ob sie einer gewohnten Unterrichtung, einer täglichen Routine folgen.
Aber ändern wir uns nicht alle von Minute zu Minute? Wenn wir es nicht täten, könnten wir nicht auf den Tod hoffen. Nun, ganz wie die Straße. Meine Lieblingspfade sind die Rinnsale zwischen grünen Festungen, auf denen ganze Wälder gewachsen sind – zwischen dem fallenden Tau und den Abendnebeln verändert sich das Wesen dieser Pfade unter meinen Füßen. Doch meine Straßen sind mir vorgeschrieben – ich hätte meiner täglichen Bahn folgen sollen. *Dreht sich zu den anderen halb um* Ich lese meine Worte nur zwischen Wegwurf auf, zwischen Abfällen. *Er klopft auf die Bündel.* Ihr müßt es beobachtet haben. Aber heute kann ich euch keine neuen Funde zeigen, weil heute der Tag meines Irrens war. Ich zog, wie gewohnt, über meine Lieblingsstraßen, hatte aber nicht den Mut, die Worte aufzulesen, wo sie lagen, herrenlos, mißachtet... Das eine Wort, das ich früh am Morgen pflückte, war schwer und groß, robust, wohlgenährt, dick und kernig. In meiner törichten Erregung riß ich es aus und trug es fort – eine Trophäe des Krieges. Durch diese Blindheit kam ich von meinem Wege ab. Wahrscheinlich

sollte ich euch um Entschuldigung bitten, weil ich Pakte mit Worten beanspruche, die im Umkreis meiner Hütte wachsen. Es ist meine Aufgabe, den Gefallenen und Gestrandeten Gesellschaft zu leisten, und dieses Wort erhob sich stolz aus dornigen Büschen. Wir müssen alle zusammenhalten. Nur die Gefallenen und Gestrandeten verlangen Genugtuung. *Er dreht sich zum Tisch zurück und scheucht sie mit einer Handbewegung zurück.* Stimmt laut eine Hymne an. Ganz gleich, welche, aber am besten den Lobgesang, um mein Selbstvertrauen wiederherzustellen. Doch stört mich nicht länger. Ich möchte jetzt arbeiten.

Er macht sich über seine Papiere her, während die Gruppe seinen Lieblingslobgesang anstimmt:

Professor anjonnu t'awa
Professor anjonnu t'awa
Baba wa l'oke baba
Baba wa l'odo baba
Eni ba ma a gbe mi san'le, ko da'wo duro
Mo leni lehin, ejo ragbada l'ori awo
A y'awo pada, ejo ragbada l'ori awo
Ota o lef'ori omo baba gun'yan je
A b'oro soro a b'elerigbo b'okele
Baba wa l'oke baba
Baba wa l'odo baba...

Während sie singen, lacht der Professor immer wieder kurz und zynisch auf. Dann wendet er sich plötzlich zu ihnen um, tückische Verachtung in der Stimme, und der Gesang bricht unvermittelt ab.

Wenn ihr denkt, ich tue es aus lauter Liebe und Freundlichkeit, dann seid ihr Narren. Aber ihr seid keine Narren, also müßt ihr Lügner sein. Es ist wahr, ich verlange wenig von euch, bloß eure Anwesenheit bei der Abendkommunion – und die Kenntnis, die ihr mir vermittelt, daß euer Tod keine Bedeutung besitzt. Seht euch doch selber an – in Stücke zerschlagen, und ich fordere keine Erklärung. Ich lasse euch zwei Herren dienen, drei, vier, fünf – hundert, wenn ihr wollt. Aber begreift, daß ich ebenso erwartungsvoll unter Rindvieh leben würde, unter Schweinen, unter Widdern, wenn Ramadan wäre. Ich würde genauso voller Erwartung leben, wenn ihr ein Ameisenhaufen wäret, der sinnlos zertrampelt werden wird. Aber du, mein Freund, würdest wahrscheinlich auch das noch Unfall nennen.

KOTONU Ich hab doch gar nichts gesagt, Professor.

PROFESSOR Du nicht. Dein Freund. Aber Dank! Ich danke euch allen, die ihr die Befreiung und Erlösung des WORTES beschleunigt. Ihr seid bedeutsam, das dürft ihr mir glauben. Jeder einzelne hier ist bedeutsam. Eure Leben verringern das letzte Hindernis zum verborgenen WORT.

PARTICULARS JOE *blättert in seinem Notizbuch einige Seiten zurück* In diesem Fall helfen wir uns vielleicht gegenseitig. Unsere Ermittlungen haben ergeben, daß der besessene Mann vom Fahrerfest von Beruf Palmweinzapfer ist – eine Übereinstimmung, die meine Chefs sehr interessieren wird – sehr, möchte ich sagen. Aber wie Sie ja wissen, Sir, bin ich ein geringer und sehr zugänglicher Mann . . .

SAY TOKYO KID He, warten Sie mal 'ne Minute, warten Sie mal 'ne Minute –

SAMSON Kotonu, hast du das gehört?

PARTICULARS JOE Nun, Sir? Haben Sie etwas zu sagen, Professor?

PROFESSOR Denken Sie daran, was ich gesagt habe. Geben Sie acht! habe ich gesagt. Geben Sie acht. Wenn meine Feinde mich anfallen, begegne ich dem Angriff durch eine Auferstehung, Auferstehung in großen Buchstaben geschrieben. Ich werde mit allem, was zum Laden gehört, Widerstand leisten – ich bin im Vorteil.

PARTICULARS JOE Ist das Ihr letztes Wort, Professor?

PROFESSOR Das ist meine Botschaft. *Zieht seine Uhr aus der Westentasche* Jetzt müßte Murano kommen. Aber denken Sie an meine Warnung!

Man hört sich nähernde Schritte.

KOTONU Es kommt jemand.

SAY TOKYO KID *wirbelt herum, tut so, als ob er eine Pistole zieht und im Anschlag hält* Stehen bleiben, keine Bewegung.

Murano tritt ein. Er trägt eine übergroße Kürbisflasche, auf deren Tülle weißer Schaum steht. Say Tokyo Kid macht einen mächtigen Luftsprung, schleudert die »Pistole« hoch, fängt sie wieder auf und feuert mehrere Schüsse nach allen Richtungen. Allgemeine Entspannung und allgemeines Murmeln der Zufriedenheit

PROFESSOR *blickt auf die Uhr* Pünktlich wie immer, mein Sohn. Sei willkommen.

Murano stellt die Kürbisflasche neben sich ab und wirft sich zu Boden. Erhebt sich, geht tiefer in die Hütte hinein und holt verschieden geformte Trinkschalen und Kalebassen. Der Professor hat sein eigenes, prachtvolles Glas, das er sorgfältig putzt. Das Ergebnis prüft er aufmerksam durch sein Monokel. Murano gießt ein paar Tropfen Palmwein als Trinkopfer auf die Erde. Die Augen auf den Professor gerichtet, sitzen alle da und erwarten ein Zeichen. Wenige Sekunden später schimmern hinter den bunten Glasfenstern Lichter auf.

Horcht!

Erst leise, nach und nach lauter, ertönen Orgelklänge.

Beobachtet den heiligen Gang der Abendkommunikanten!

Weiterhin Orgelmusik

Wisset – *Er deutet zum Glasfenster.* – wisset, ich habe nichts gegen den Regenbogen, ich halte ihn für ein gutes Omen. Ich habe nichts gegen Lichter, gegen Farbe, denn darin finden sich Schleier und Splitter der baldigen Gnade auf Erden. Aber ich sage euch … Ich meine, ich suchte damals meine Absicht, mein Ziel klarzumachen und entkam dabei nicht der Quelle meines eigenen Sinns für das Wunder … Gott! Und er nannte es Blasphemie!

Murano schenkt jedem Palmwein ein.

Was bedeutet es schon, daß sie Kinder waren? Kann man etwa Kindern die Wahrheit verbergen? Ja, was hat es schon ausgemacht, wenn der Geist des Weines in mir war? Es war Sonntag, Palmsonntag, und jedes Kind trug ein Kreuz aus zarten Farnwedeln, gelb und grün, als Zeichen seiner Unschuld. Was ich damals sagte, habe ich nie geleugnet ... *Er hält Murano sein Glas hin, beginnt zu kichern.* Ihr hättet sein Gesicht sehen sollen! Was für ein Wichtigtuer, dieser Bischof! Und es war eine gerechte Vergeltung – dafür, daß er mir während der Sonntagsschule nachspioniert hat ... Schleicht sich einfach rein und fragt scheinheilig: Was machen Sie denn da, Lehrer? Ich wende mich um, und wer steht hinter mir? Das verkörperte Jüngste Gericht! Wieso? frage ich zurück. Ich erkläre meinen Schülern die Botschaft des Regenbogens. Und wie, fragt er seinerseits, wie haben Sie sie gerade erklärt, wenn ich richtig gehört habe? Also habe ich es ihm erzählt, sehr sanft, sehr mild ... Kind, habe ich gesagt, mein liebes Kind, Gott malte das Zeichen des Regenbogens – ein Versprechen, daß die Welt nicht umkommen soll in den Fluten. Genau wie er das Symbol der Palme schnitzte, die göttliche Verheißung, daß die Welt nicht umkommen soll vor Durst ...

Lautes Gelächter, das nach und nach zu einer Stille verebbt, die ebenso allmählich durch leise, dann sich verstärkende Orgelklänge gefüllt wird. Der Professor hört einige Sekunden zu, dann wendet er sich zur Gruppe um.

Löscht diese Klänge aus! Ertränkt sie! Gott vergebe ihnen.

Murano füllt das Glas des Professors von neuem und hockt sich neben ihn. Die Gruppe fängt an zu spielen und übertönt fast sogleich die Orgelklänge. Wer ausgetrunken hat, hebt die Trinkschale, und Murano schenkt nach. Der Gesang ist frei, ungehemmt. Say Tokyo Kid erzählt augenscheinlich noch einmal seine Abenteuer, wobei er sich vor allem an Salubi wendet. Der Professor nimmt seine Studien wieder auf.

SAY TOKYO KID *mit durchdringender Stimme, die den Lärm übertönt* He, seht mal, was ist denn mit dem da los? Der benimmt sich ja auf einmal so komisch!

Die Worte durchdringen das Getöse. Die meisten blicken zu Murano hinüber, der die Maske hinter der Wagenklappe entdeckt und hervorgezogen hat. Man sieht ihm an, wie es hinter seiner Stirn arbeitet. Kotonu ist an den Tisch getreten, die Augen starr auf den Stummen gerichtet. Das Schweigen erreicht den Professor, und er mustert die Gruppe.

PROFESSOR Na, mein verehrter Von-Küste-zu-Küste-Fahrer, was gibt es?

KOTONU Nichts, Professor, gar nichts.

PROFESSOR Zeigt das Kind Interesse an dem Kostüm? Vergiß nicht, er ist ein Kind, und bunte Sachen reizen ihn natürlich. Murano hat keinen Verstand. Er kann nicht sprechen, nicht hören, sich an nichts erinnern, und sein eines Bein ist kürzer als das andere.

Schon beim ersten Klang der Stimme des Professors zeigt Murano Zeichen des Erschreckens und will die Maske wieder fortwerfen.

KOTONU Professor, ich hab Sie mal gefragt . . .

PROFESSOR Ob Murano der rechtmäßige Gott war?

SAMSON Um Gottes willen, Professor, geben Sie zur Abwechslung mal eine klare Antwort.

PROFESSOR Murano konnte nicht viel enthüllen und ist instinktiv zu seinem gewohnten Gewerbe zurückgekehrt, dem Zapfen von Palmwein. Darüber hinaus verbindet ihn nichts mehr mit dem, was er war oder dem Ort, wo er gewesen ist. Das vor allem: Wo er gewesen ist! Und nun ist alles ein einziges Warten, bis seine Zunge gelöst ist. *Verzweifelt* Ein Warten in Geduld und Vertrauen, denn er ist nicht wie ihr. Eure Gesichter sind ebenfalls leer, aber ihr habt keinen Anteil an dem Geheimnis des WORTES. Murano kroch aus der Finsternis, er entkam dem letzten Saugen des Todesschlundes. Der Geist eines Gottes lebt in ihm, denn darauf kam es heraus: daß ich einen Gott in Händen hatte; daß seine Hände das tägliche Abendmahl reichten! Und durfte ich nicht hoffen, mit seiner Hilfe der letzten Konfrontation vorzubauen, ihr durch Täuschung zu entgehen, ihr Wesen zu ergründen und zu entschleiern ihr düsteres Gesicht? Warum soll ich nicht begreifen? *Er bricht ab, blickt umher.* Warum bittest du ihn also nicht, du fortgelaufener Fahrer? Warum bittest du ihn nicht, die Maske anzulegen ... zu probieren, ob sie paßt? ...

Er zerrt Murano hoch, schiebt ihn in den Wagenladen und zieht hinter ihm die Plane zu.

Vergessen wir den Stummen!

Er winkt der Gruppe zu. Sie beginnen wieder zu spielen, unsicher, noch verschreckt. Erst nach und nach kommt von neuem ein wenig Fröhlichkeit auf, doch bleiben alle unruhig und voller Erwartung.

SAY TOKYO KID Los, gieß mir noch was von dem Zeug ein. *Er hält einem seiner Leute seinen Becher hin.* Und zwar schnell, weil wir bald abziehn aus dieser Bude. Ich bin nicht gern lange am gleichen Ort wie dieser Professor. *Er behält den Wagenladen ständig im Auge.*

GANGSTER Capt'n ...

SAY TOKYO KID Halt's Maul. Was willst du, zum Teufel. Ich sag dir, ich hab ihr Versteck entdeckt. Heut nacht statten wir ihnen 'nen überraschenden Besuch ab, ob dir das nun gefällt oder nicht.

Samson schlägt sich mit einer Fliege herum. Er verliert den Kampf, und die Fliege landet in seinem Wein. Samson springt wütend auf, streift den Schaum ab, in dem sich die Fliege verfangen hat, und nimmt die Fliege behutsam zwischen zwei Finger. Er überlegt einen Augenblick, geht mit der Fliege zum Spinnennetz, wirft sie in die Fäden, beobachtet, wie die Spinne die Beute packt, und grinst breit und befriedigt.

SAMSON *augenscheinlich leicht betrunken* Hast du sie? Jaaa, diese Spinne versteht das Spiel. Die macht's so, wie man sich 'nen Passagier, der nicht will, schnappt und einwickelt. Ich bin vielleicht kein vorzüglicher Fahrer, ... eigentlich überhaupt keiner, wie ich zugeben muß. Zu dicke Sohlen, nie kriege ich die Gänge richtig rein. Aber eins kann keiner leugnen ... Salubi!

SALUBI Was ist?

SAMSON Say Tokyo Kid!

SAY TOKYO KID *abwesend* Wo brennt's, Junge?

SAMSON Sagt mir bloß eins, beide – Wie nennt man mich?

SALUBI Samson Baba Agbero.

SAMSON Jaaa, Junge.

SAY TOKYO KID König der Schlepper.

SAMSON Genau, das bin ich. Und wie ihr mich so seht, bin ich ein stiller, friedliebender Mensch. Aber auf dem Autopark, da kenne ich meinen eignen Bruder nicht.

SALUBI König der Schlepper! Champion des Autoparks!

SAMSON Ich bin in Ordnung, Murano, Bedienung, Mann, Bedienung! Gott segne dich, Mensch, Teufel oder was du sonst bist, Gott segne dich. Murano? Wo ist er hin? 'E fun awon enia wonyi... ni oti! Yah. Fragt nach mir wo ihr wollt, von Dorma-Ahenkro bis Abidjan. Fragt wo und wen ihr wollt: Wer ist der größte aller Schlepper? Samson, antworten sie. Samson, das bin ich, König aller Schlepper.

PARTICUALRS JOE Samson Baba!

SAMSON Ich bin in Ordnung! Ti o l'eru ese! *Beginnt, seine Schleppertaktik vorzuführen* Sisi! a-ah. Sisi... Bloß leichte Passagiere, ich meine, ohne Sündenbürden. Sweetheart... ah... Sweetheart, wenn ein Mädchen so hübsch ist wie du, kommt bloß ein Bus wie unsrer in Frage. Was noch, Sweetheart? Ach, dein Koffer? Der ist schon drin. Selbstverständlich. Dienst am Kunden! Immer schnell, immer pünktlich, immer sicher! – Oh,... Mama, müssen Sie das ganze Zeug allein auf dem Kopf schleppen? Nein, es gibt keine Gentlemen mehr. Hier, Ma'am, kommen Sie, wir fahren jeden Augenblick los. Sie sind der letzte Passagier, mehr können wir nicht mehr mitnehmen... Los, Kotonu, los, laß den Motor an – wuummm, wu-ummm... Bring ihn auf Touren. Mister, hören Sie nicht, wir fahren gleich ab, diesen Augenblick. Halten Sie uns nicht auf, indem Sie noch zögern. Wir bedienen Sie bestens, für alles ist gesorgt. Dienst am Kunden! Wenn Sie mal pinkeln müssen, halten wir an – und trotzdem immer pünktlich, immer sicher! Was sagten Sie? Ich sagte: Keine Verzögerungen, wir fahren glatt durch. Was reden Sie da von Verkehrspolizei? Kennen Sie denn unsren Bus nicht? Immer pünktlich, immer sicher! Uns stoppt unterwegs kein Polizist, keiner! Dieser Bus hat sechs Ecken, und in jeder Ecke liegt 'ne hübsche Summe – Schmiergeld. Also läuft unser Wagen auch wie geschmiert. – Oh, verehrter Herr Korporal, kommen Sie in unsren Wagen. – Seht euch seinen Nacken an, dick und fettig. Gemästet wie 'n Schwein, soviel Schmiergelder hat er genommen. – Oh, Herr Korporal, hier, Sir, kommen Sie in unsren Bus... Lange nicht gesehn, Sir. Willkommen, Sir, wie geht's der werten Familie? Meine Güte, nicht doch, Sie sind doch schlank und rank wie 'n Zuckerrohr. Zuviel Arbeit, wie? Ja, traurig, so ist eben das Leben eines armen Polizisten... Verdammter Gauner! Sein Tomatengesicht glänzt ganz vor Schmiergeldern – Ah, Missus... Missus..., das hier ist Ihr Bus. Nur der! Wir stehn ganz zu Ihrer Verfügung, haben nur auf Sie gewartet...

Die Zeltplane wird von innen zur Seite geschoben. Geräuschlos taucht der »egungun« auf. Das Gelächter erstirbt allmählich. Alle Augen sind auf die Erscheinung gerichtet. Die Hände der Spieler stocken und liegen zuletzt wie erstorben auf den Instrumenten.

SALUBI *versucht sich hinauszustehlen* Ich laß mich von niemand verrückt machen. Ich will das nicht sehn.

PROFESSOR Niemand rührt sich von der Stelle!

Salubi setzt sich hastig wieder hin.

PARTICULARS JOE Ich bin nicht abergläubisch, Professor, das wissen Sie. In meiner Stellung kann ich mir das nicht leisten. Aber das... Mir wär's lieber – ich meine, fälschen Sie lieber hundert Versicherungspolicen als das...

PROFESSOR Hoffnungslos! Ich muß hoffen, selbst jetzt. Noch kann ich nicht glauben, daß die Offenbarung des Todes total sein muß oder nicht existent.

SAY TOKYO KID Na, das geht zu weit. Mir bibbern nicht alle

Knochen im Leibe, wie den andren hier, aber lassen Sie sich gesagt sein, daß Sie mit was rumspielen, was Sie nichts angeht... Ich bin Say Tokyo Kid, und Sie könn' mich mal!

PROFESSOR *explosiv* Zuckt ihr zusammen und krümmt euch, weil ihr dem endgültigen Tor zum WORT gegenübersteht? Meine Freunde, Murano ist stumm, und diese Kreatur quakt in Kehllauten wie ein liebeskranker Frosch. Und doch laßt ihr euch von dem einen den Geist stärken und ersterbt vor dem anderen in Ehrfurcht. *Ruft der Gruppe zu* Spielt, ihr Krächzer, spielt! Oder sind die Segnungen der täglichen Pilgerfahrt Muranos euch bereits im Munde getrocknet? Spielt und singt aus voller Kehle, ehe ich die Bogensehne des WORTES spanne, und der verschleierte Pfeil Pfade des Glaubens durch euer sich duckendes Hirn bohrt. Glaubt ihr, ich gebe euch Wein für nichts und wieder nichts? Spielt, ihr falschzüngigen Parasiten der Straße!

Sie gehorchen nur zaudernd, schlagen den Rhythmus, der anzeigt, daß Agemo aus den Tiefen der Erde auftaucht. Der Professor geht mit der Kürbisflasche von einem zum anderen. Er winkt Samson ab, der ihm helfen will. Der »egungun« tanzt inzwischen weiter, und die Gruppe trommelt schneller, als sich der Professor ihr nähert.

Ihr haltet meine Dankbarkeit hoffentlich nicht für aufdringlich und übertrieben, aber ihr schenkt mir das Gefühl, wieder unter den Kindern meiner Sonntagsschule zu sein. Es ist schmerzlich, eine Berufung aufzugeben – fragt euren Freund da drüben, der sich noch immer nicht von der Straße losreißen kann. In Sergeant Burmas Fußstapfen treten, seinem Weg folgen, ist kein Ersatz. Das wird er merken.

SAY TOKYO KID *flüstert Salubi erregt zu* Ich will keinen Fluch auf mein' Kopf.

SALUBI Mach ihn nicht wütend. Du weißt, wie er ist.

SAY TOKYO KID Ihn wütend machen! Willst du vielleicht wegen was blind werden, was du eigentlich nicht sehn sollst?

PROFESSOR Wir haben schließlich vieles zu entscheiden, zum Beispiel, wer nun unseren Wagenladen führen soll. Der Von-Küste-zu-Küste-Fahrer ist ein bißchen müde, und die Stammkunden haben die Geduld verloren.

SAY TOKYO KID *heiser zu Salubi* Ich fürchte mich nicht. Und selbst wenn er der Herr der Geister von jedem Baumstamm ist, mit dem ich mal gerungen hab! Von mir kann er noch was lernen, und ob!

PROFESSOR *füllt Samsons Becher* Ist nicht meine Art, jemand zu trauen. Menschliche Wesen, sogar solche wie du, erweisen sich als zäh, und ich war oft verzweifelt. Aber ich hoffe, daß du dich entsinnst, daß wir ein Syndikat gebildet haben.

SAMSON Das hatte ich ganz und gar vergessen, Professor.

PROFESSOR Nun, dann lasse ich dich ja auch nicht im Stich. Ich hoffe nur, daß mich niemand von euch – wer auch immer – hindert. Daß ihr mich nicht warten laßt, bis ich jenseits der Segnungen unserer Niederlassung bin... Man muß Furcht durch Vorherwissen übertölpeln.

Alle sehen ihn an. Ihre Reaktionen sind unterschiedlich, doch herrscht Furcht vor. Der »egungun« tanzt weiter, und der Professor schenkt wieder Palmwein aus.

Aber ich fühle auch eine echte Erregung des Gemütes und des Geistes. Als ob endlich der Tag gekommen ist, den ich lange erwartet habe. Und gewiß bin ich nicht allein. Wäre ich das, dann sind die Abende, an denen ich euch unterwiesen habe, vergeudete Zeit gewesen. *Sanft, beinahe müde und überdrüssig* Ihr Abschaum, ihr leeren Gesichter, habe ich meine Gedanken mit euch geteilt für nichts und wieder nichts?

Der Tanz der Maske wird ungestümer, hektischer und steigert sich zu qualvollen, marternden Zuckungen, den Vorzeichen völliger Besessenheit.

SAY TOKYO KID Hört auf! Hört auf! *Er schlägt wild auf seine Leute ein.* Wer ist euer Boß? Wer? Hört auf, hab ich gesagt! Hört auf, bei diesem Sakrileg mitzumachen!

PROFESSOR *brüllt furchterregend* Spielt!

SAY TOKYO KID Das geht zu weit, schon lange.

PROFESSOR Sie machen sich nur verdächtig, setzen Sie sich!

Der »egungun« tanzt jetzt in völliger Raserei. Say Tokyo Kid sieht es und springt auf den Professor zu. Er entreißt ihm die Kürbisflasche und schleudert sie an die entfernteste Wand.

Die Maske erstarrt plötzlich. Einige Sekunden stehen sich beide Gestalten regungslos gegenüber. Dann fallen sie übereinander her. Während sie miteinander ringen, hört man nur ihren pfeifenden, keuchenden Atem.

Salubi verfolgt jede Bewegung. Er schiebt eine Hand in die Tasche und zieht sie, zur Faust geballt, wieder heraus. Als Say Tokyo Kid gerade günstig steht, läßt Salubi die Hand mit einem verborgenen Gegenstand darin an der Bank entlanggleiten. Der Professor hat die Kämpfenden überhaupt nicht beachtet. Jetzt bemerkt er Salubis Bewegung und springt nach seinem Stock, jedoch zu spät. Als er ihn scharf auf Salubis Handgelenk niedersausen läßt, hat Say Tokyo Kid das Messer bereits gepackt und stößt es dem Professor in den Rücken. Der Professor bäumt sich auf, das Gesicht vor Schmerz verzerrt. Mehrere Sekunden lang herrscht Totenstille. Von Schrecken gepackt, versucht Say Tokyo Kid, das Messer aus dem Rücken des Professors herauszuziehen. Die regungslose Maske scheint plötzlich lebendig zu werden, hebt Say Tokyo Kid mit rascher Bewegung hoch und schmettert ihn mit aller Kraft auf eine Bank. Say Tokyo Kid versucht hochzukommen, rollt aber statt dessen von der Bank und zerrt die Schleppe der Maske zu sich heran. Die Fahrer stimmen das Klagelied an. Der Gesang wird nach und nach lauter.

Die Maske dreht sich langsam um sich selber und sinkt immer mehr in sich zusammen, während der Professor zu seinem Tisch taumelt, wo er automatisch seine Papiere zusammenrafft.

Dann verläßt ihn die Kraft. Seine Hand vollführt eine unbestimmte Bewegung, als ob er einen Segen erteilt.

Seid wie die Straße. Schnürt eure Leiber durch den Hunger eines unheilvollen Tages ein und bewehrt eure

Hände mit dem Wissen um Tod. In der Hitze des Nachmittags, wenn der Glast, der über der Straße wabert, euch falsche Wälder und einen Hafen voller Wasser vorgaukelt, dann soll sich das Ereignis erstmals vor euren Augen entwirren. Oder auch dann, wenn Geisterautos euch überholen und eure Tränen auf taube Armaturenbretter fallen und der Staub sie verschluckt. Taucht eure Finger zugleich in dasselbe Becken wie der Mensch, der seine letzte Reise tut. Euer Finger rühre das Wasser auf zu schwankenden Spiegelbildern zweier Hände – zwei Hände, doch nur ein Gesicht. Atmet wie die Straße. Seid die Straße! Windet euch in Träumen, lauert hingestreckt in Verräterei und Falschheit. Und in dem Augenblick, da euch jemand vertrauensvoll naht, reckt euch auf, trefft den vertrauensseligen Reisenden und verschlingt ihn ganz oder zerstückelt ihn auf der Erde. Legt dem Tod ein breites Leichentuch aus mit der Länge und der Zeit der Sonne zwischen euch, bis sich das eine Gesicht vervielfältigt und alle Verdammten nur einen Schatten werfen. Atmet wie die Straße, ja seid wie die Straße selbst...
Die Maske hat sich unterdessen in einem fort um sich selbst gedreht und ist dabei immer tiefer zusammengesunken. Zuletzt scheint sie nur noch ein Häuflein aus Stoff und Palmfaser zu sein. Der Professor hat bisher gerade aufgerichtet auf seinem Stuhl gesessen. Jetzt fällt sein Kopf ruckartig vornüber. Aus der Dunkelheit, die sich über ihn senkt, ertönt, voll anschwellend, der Klagegesang.

Ende